BL古典セレクション

①

BL Selection of Classic Literature Vol.1

The Tale of Taketori & The Tale of Ise

translated by Emma Yukifune

竹取物語 伊勢物語

雪舟えま＝訳

目次

竹取物語

一、かぐや彦誕生

むかし、竹取野郎の翁《オキナ》と呼ばれる者がいた。毎日なれ親しんだ野山に入り、竹を取ってきては、さまざまの用途に使うものをこしらえて売るのだった。

ある日オキナは仕事中、昼間でも青暗い竹林のなかにて、根もとが光っている竹を一本見つけた。

「?!」

ふしぎがってその竹に近づくと、竹の内部には強い光がびいいいいんとみなぎり、輝きを発しているのがわかる。切ってみると、なんと、竹のなかには手のひらにのりそうな大きさの——まつげのしっかりとあり、くちびるの赤い、鳥肌の立つほど可愛らしい男の子がいるではないか。

「ひゅう」

オキナはひたいににじむ、よくわからぬ汗をぬぐった。

「ここ、よくきてるだけあって、変な竹にすぐ気づけた。いつもここにきててよかった」

オキナはひとりで納得し、

「ああ、それにしてもなんて可愛い子だろう。わしゃ竹切って籠《こ》を作る〜、このお子うちの子におなる〜……いいよね？　……うちの子になってくれるってことだよね？」

と、上機嫌で歌って聞かせると、いっそうにこにこと笑う子であった。オキナはたまらず頬ずりをして、たいせつに家へつれ帰る。

炊事をしていた伴侶の爺《ジジ》は、まだ昼をすぎたばかりだというのに、山からもどってきたオキナを見つけて声を張る。

「おかえり！　ずいぶんはやかったね」

「ふっふっふ」

よろこびをかくせず、奇妙な笑いをもらしてしまうオキナ。家へあがるまえに足がもつれてしまいそうだが、袖のなかにはたいせつな人を入れてお守りしている。そうっと、そうっと、家へ入っていった。

つきあいの長いジジには、すぐにわかる。竹のものが良い値で売れたかしたのだろう。

「いいことあった？」

するとオキナは身をくねらせていう。

「とびきりのいいことさ」

「とびきり？　なんだろう。なに？」

「あててごらん」

「竹が売れたんじゃないの？」

「ちがう」

「わかんない。もっと粘っておくれよ」

「はやいな。降参」

ふたりはもちゃもちゃと肩を押しあい、教えてよ、あてでごらんといちゃついていたが、

「ファーア」という可憐なあくびが手もとから聞こえ、オキナは正気にかえった。

すりきれた着物の袖のなかから、竹より生まれた子を取りだしてみせ、いきさつを語るオキナ。

「え、ちょっと」

ずっと子どもをほしがっていたジジは、話を聞かされてもすぐには理解できぬように、玉のような美しい男の子を見つめつづけた。そして、うっとりとささやく。

「お人形さんみたいだね……」

オキナはジジの、あかぎれた手に手を重ねて力強くいった。

「生きているんだよ。柔らかいし、よく笑う。神か仏かわからぬが、われらに授けてくれたこのふしぎな子を、たいせつにお育てしよう」

その日より、竹から生まれた男の子は、ふたりの息子となった。男の子は小鳥のように小さいので、ぴったりの可愛らしいかごをこしらえ、そのなかで育てた。

こののち、オキナが野山で集める竹のうち、節ごとに黄金の詰まったものが見つかるよ

うになった。質素であったオキナとジジの暮らしむきは、だんだん豊かになってゆく。

竹から生まれた子は、竹のごときはやさですくすくと育ち、三か月ほどで人間の少年としては平均くらいの背格好となった。オキナとジジは人を手配してあれこれと準備をととのえ、彼の元服の儀をすませたものの、ふたりにとってあまりにも愛おしく、また、ふつうではない子であったので、そとへは出さずに、過保護なくらいにたいせつに養いつづけた。

この少年のどこが、そんなに特別だったかというと。

幼児のころにはパッと目を引く可愛さがあっても、長ずるにしたがってそうでもなくなっていくというのが世間によくあること。しかし彼はその可愛らしさ、美しさの最高値を毎日更新しつづけていくというおどろくべき成長ぶりであった。すっきりと通った目鼻だちそのままに賢く、犬猫を可愛がり季節の草花を愛でる心があった。オキナもジジも、彼からはかたときも目を離せなかった。離したくなかった。毎朝、きょうもこの子が生きていてくれてほんとうにありがたいと神仏に感謝し、毎晩、どうかあすもこの家で目を覚ましてほしいと願うのだった。理由もわからずにふしぎな授かりかたをした子であるだけに、理由のわからぬまま取りあげられてしまうのではないか、ということを、思わぬ日は一日もなかった。

少年は、美しく心ばえがよいというだけではなかった。彼の身体は、オキナが竹筒のうちに見出したときからふしぎな輝きを帯びており、その光もまた、日一日と強さを増していっている。彼のゆくところはどこでも光が満ち、すみずみまで照りわたり、屋敷のなかから陰という陰が消えうせてしまう。生きている星のような少年が、いま敷地や建物のどのあたりにいるのか、その明るさでわかってしまうほどだった。

オキナは、気分がふさいで落ちこむときも、この少年を見ればたちどころに心が晴れた。腹の立つことがあっても、すぐにどうでもよくなった。このころにはオキナとジジの家は、黄金の詰まった竹が取れるおかげで、いまをときめく新富裕層《にゅーりっち》の仲間入りをしていた。

それからすこしして、少年を「なよ竹のかぐや彦」と命名し、のち三日間、成人祝いの酒宴をひらいて歌や音楽や踊り、ありとあらゆる遊びをつくした。客は男であればだれかれの区別なく招き入れ、それはそれは盛りあがったのだった。

二、貴公子たちの求婚

世のなかの男たちは、身分の高いものも低いものも、なんとかしてこのかぐや彦を弟《つま》にしたい、恋人にしたい、と、うわさから妄想をふくらませ、はげしく身もだえていた。

近所の垣根や家の戸口に詰めかけ――家のなかの人たちでさえ、かんたんにはかぐや彦のすがたを見られぬというのに——夜闇にまぎれ、地面に穴を掘ってのぞき見する、だなんてまねをしては、いたずらに恋心を募らせ、いてもたってもいられなくなっている。ちなみにこのときから、こうしたふるまいを「よばい」というようになった。

ひと気のないところまでもんもんと歩いたところで、恋しい人の気持ちをえる妙案なんぞ浮かびはしない。オキナとジジ家の召使いを目ざとく見つけて声をかけてみても、相手にされない。ご執心の貴公子たちは、かぐや彦の家のまわりで夜をあかし昼をすごすものがおおかったが、「かぐや彦祭り」とでもいうような異様な熱気がすぎたころには、

「意味なく歩きまわったって、いいかげん、しょうがないな」

と、見切りをつける脱落者も出てきた。

やがて、まだ熱心にいい寄るのは、色好みで有名な五人だけとなった。彼らはほかにやることがないのかというくらい常時かぐや彦を想いつづけ、夜も昼もやってくる。その顔ぶれは、石作皇子《いしつくりのみこ》・車持皇子《くらもちのみこ》・右大臣安倍御主人《あべのみうし》・大納言大伴御行《おおとものみゆき》・中納言石上麻呂《いそのかみのまろ》である。

この皇子・公卿たちは、世間にざらにいるような男でも、すこしでも顔のいいものがいると聞いては、競って自分の弟《つま》や恋人にしたがる好色家たちだった。そんな彼らにとっては、かぐや彦はなんとしても手にしてみたいお宝である。かぐや彦が欲しくてほしくて、食べものものどをとおらぬほどに思いつめ、家のまわりをちょろちょろするものの、つれ

ない美少年からはなんの反応もない。

手紙を送っても無視されるし、片想いの苦しさを詠んだ歌を贈ってもだめだろうなあと思いながらも、真冬のいてつく寒さ、真夏の日照りやかみなりにも、あきらめきれずに通いつづける男たち。

彼らはときにオキナを呼びつけて、

「どうか息子さんを私に！」

と、ひれ伏して拝んだり、手を合わせることまでする。

しかしオキナには、

「私が生んだ子じゃないせいか、いうことをきかんのです」

と、いうしかなかった。


五人の男たちはそれぞれ家に帰って、かぐや彦を想い、神仏に祈り、誓願を立てる。恋心は募るいっぽう、おさまるようすはない。

「とかなんとかいったって、あのオキナ、さいごはかぐや彦をどこかの男と結婚させるはずさ、そしてその幸運な男とは俺のことさ……」

と、五人が五人ともそれぞれにおなじことを期待して、にやにやと笑みをもらす。それからは、俺が、俺が、と、自分がいちばん誠意があって真剣な男であると、やたらと訴えるように歩きまわる。

そこでオキナはかぐや彦に、彼のふしぎな生まれかたについてはじめて語って聞かせた。

「わが最愛のかぐや彦よ。神仏の生まれ変わりのような君とはいえ、ここまで大きくお育てできたのは、ひとえになみなみならぬ愛情があったからなのだよ。このオキナのいうことを、どうか聞いてくださるかな」

かぐや彦はいう。

「おっしゃることはなんでもお聞きします。僕、いままで自分が人ならぬものであるとは夢にも思わずに、あなたたちを親だとお慕いしてきたんです」

この言葉に、オキナはじーんとしてしまう。

「うれしいことをいってくれますなあ」

そして、いさんで前にすすみ出ていう。

「ではかぐや彦、気に入らないことかもしれないが、よくお聞きください――この世とは、男が男に出愛《であ》い、結ばれる愛♥源郷《らぶとぴあ》。そうして一族もよろこび栄えてゆくのです。なぜ君はだれとも結婚しないのだろうかと、私もいい歳になり、あすをも知れぬ命となったいま、そればかりを思うのです」

かぐや彦は美しい瞳をまたたかせて、理解できぬというようにつぶやく。

「なんでそんなめんどうなこと、すきこのんでするものだろう……」

オキナはいう。

「人ならぬ身といっても、君は男の身体をもっている。私が生きているうちは、独身ですきなようにしていられましょう。でもね、そとの人たちがこんなにも長いあいだ通ってきてお願いしているんだから、君もそろそろよく考えて、だれかひとりと結婚してさしあげたらどうか」

かぐや彦はハハッと笑っていう。

「そんなに美人でもない、なにかとりえがあるわけでもない僕が、相手の愛が深いかどうかも知らずに、いい気になって結婚なんてしようものなら！」

「しようものなら？」

「いずれ浮気されてくやしい思いをするだけ——僕は年をとり、若くてきれいな子はあとからあとから生まれてくるんですから。いくら相手が身分の高い人だからって、愛の深さを知るまでは結婚しようと思えません」

オキナは、かぐや彦の答えを予測していたというように前のめりになる。

「ほら！　そういうと思った。あのかたたちの心を信じられないのですね。じゃあそもそも、君は、どれだけ愛情深い人なら結婚してもいいって思うの？　あのかたたちだって、真剣じゃないとはとても思えませんが」

「どれだけっていわれても……」

かぐや彦はどこか遠くを見るような目をしていう。

「じゃあ僕、みなさんに、ほんのちょっとの頼みごとをしてみたいです」

オキナは食らいつくようにきく。

「それは、なにを」

「僕が見てみたいというものを、この目に見せてくれたら、その人のものになろう。——だって、あの人たちみんな、想いの強さはおなじくらいに見えるんですもん。ね。それでいいでしょう。そとにいるとかいう人たちにそう伝えてください」

オキナは、やっと話がすすみそうだと、ほっとするのだった。

日が暮れて、いつものようにいつものごとく、家のまわりにくだんの貴公子たちが集まり始める。ある人は笛を吹き、ある人は手鏡で前髪の生えぎわを気にし、ある人は軽やかに足踏みをし、ある人は指のささくれをむき、ある人はそわそわと扇をひろげたりとじたりしている——ところに、いそいそとオキナが出てきて、声を張る。

「えー、あのう、みなさま」

重大発言をしそうなオキナのようすに、なんだ、なんだと集まる貴公子たち。オキナは咳ばらいをしていう。

「もったいなくも、このような見苦しいところに、長いあいだお越しくださること、このうえなくおそれ入っております」

つづけていう。

「私もいつまで生きられるかわからないのだから、いらっしゃるみなさんのうち、どなたかに決めてお仕えしなさいとかぐや彦に申しました。すると、どなたも優劣はありませんので願いを叶えてくれたかたのところにお仕えしましょうと申しましたー！」

そこまでひと息にいって、オキナは貴公子たちの顔色をうかがう。

そしていう。

「おそれながら、よい案だと思うのです……。これならば、どなたに決まっても、おうらみはないでしょうから」

「まあ……ね」

「ふうん……」

五人の貴公子は、おたがいにちらちらと目を見合わせる。

やっと状況が動いた――。

長いあいだおなじ場所に通ううちに、なんとなく顔なじみのようになっていたけれど、じつは自分たちは恋敵だったのだと思い出す五人であった。ここは自信を見せつけておかねばという気持ちになり、五人ともぐぐっと胸を張って「それでよい」ということになった。

さてそうして、かぐや彦がそれぞれの求婚者に託した願いとは、このようなものであった。


石作皇子へ………仏の御石の鉢というものを取ってきてください！

車持皇子へ………東の海に蓬莱という山があり、そこには銀の根と金の幹、白い玉を実とする木が生えています。それをひと枝折ってきてください！

安倍右大臣へ……唐土にある火鼠の皮衣を取ってきてください！

大伴大納言へ……龍の首にある五色の玉を取ってきてください！

石上中納言へ……燕のもっている子安貝をひとつ取ってきてください！


この願いを聞いて、オキナはため息をついた。ジジはぎゅっと目をつぶって合掌した。

オキナは首を横にふっていう。

「こんなおねだり、聞いたことがない……」

「そう？」

とりみだす両親を前に、かぐや彦は澄ましたもの。

オキナはあわあわと手をふっていう。

「だ、だって、蓬莱山の宝の木だの、火鼠の皮衣だの、この国にないものばかりじゃないですか。こんなむずかしいこと、あのかたたちがどんな顔するか」

かぐや彦はしっとりと伏し目がちにいう。

「これがむずかしいというならば、やはり、僕はどなたのところにも――」

「ひい」

ジジはひよどりのような声をあげ、両手で顔をおおい、なげく。

「また、話がふりだしに！」

つまらなそうな表情さえも美しいかぐや彦の前に手をつき、オキナはいう。

「待った、待って、お待ちなさいかぐや彦。まあともかく、みなさんにお伝えするから、気持ちを変えないでくださいよ」

待ちわびる五人の前に、オキナは歩み出ていう。

「――……こういうわけでございます。かぐや彦の申しますものたちを、お見せ願えますでしょうか」

男たちは肩を落として、いう。

「なんという無理難題……」

「聞かなきゃよかった」

「けっこうすごいことという子だな」

「ていうか、ほんとに超絶究極完璧美少年なんだろうね？」

「いっそ、もうこのへんをうろつくな！　くらいいってくれたら、身を引く口実になったのに」

あんなにも執拗ではげしかった恋の情熱はどこへやら、五人は口ぐちにぼやきながら帰ってしまった。

三、仏の御石の鉢——石作皇子

そんな無茶苦茶をいわれたとあっても、ここまでねばって通ったあの美少年と結ばれずには、くやしくて生きていける気がしない、石作皇子であった。

「天竺にあるとかいうものだって、取ってきてみせるさ」

と、皇子は思いをめぐらす。

彼は合理てきで、むだな動きをきらう男であったので、

「そうはいっても、天竺にふたつとないとかいう鉢だ。どれほど遠くまで行ったところで手に入るとはかぎらん。骨折り損はしたくないなァ……」

などと考えた。

皇子はかぐや彦に、いさましくも、

「きょうから、君の望みの天竺の石鉢を取りにいってくるからね！」

と、宣言し――それから三年ご、大和国は十市郡《とおいちごおり》にある山寺にて、すすけて真っ黒になった鉢を見つけたのだった。その鉢とは、僧侶たちの食堂に安置する賓頭盧《びんずる》像に食べものをお供えするための、使い古された鉢である。

「ふーむ。これでいけそうか？」

鉢を手に取り、計算をする皇子。彼はその頭のなかで、これまでかぐや彦を得るためについやした時間や労力や費用と、対価としてのかぐや彦との甘い生活を秤にかけていた。そろそろ、かぐや彦のためについやしてもいいと思われる経費《こすと》の上限にたっしそうである。

「ま、こんなものだろうよ」

皇子は、すすでよごれた手を洗いながらひとりごとをいう。

「これがにせものだといえるやつがいるか？　天竺の仏の御石の鉢だなんて、だれも見たことないんだし。それに、これだって、仏……のお弟子の賓頭盧さまにお供えするために使われた鉢……そうだ、仏関連、仏関連の石鉢であることにはちがいない！」

そのような拡大解釈は、皇子のとくいとするところであった。大は小をかねるという。みんなもっとおおらかに考えればよいのだ。小さなちがいなどは気にならなくなる。

皇子はその鉢を錦のふくろに入れて、造花の枝にそえて、かぐや彦の家にもってきた。

眉をひそめ、不審そうな表情で、鉢を見つめるかぐや彦。

鉢のなかに手紙を見つけてひろげて読むと、このような歌が書きつけてあった。

海山の道に心をつくし果てないしのはちの涙ながれき

（天竺まで、はるばると海を越え山を越え、精魂を尽くしはて、血の涙が流れるほどの苦労をしてこの石鉢を獲得したのですよ）

「…………」

せっせっと苦労を訴える手紙を無表情でたたみ、鑑定家のごときするどいまなざしで、この鉢に光が見えるかどうかを吟味するかぐや彦。しかし、すすけてよごれた鉢には蛍ほどの小さな光さえ見えないのだった。

おく露の光をだにぞやどさましをぐら山にて何もとめけん

（これが本物なら、露の光くらいは宿しているもの。こんなすこしも光らない真っ黒な鉢、小倉山《おぐら》――小暗い山なんかでなぜ求めたんだろう）

かぐや彦は手きびしい歌を詠み、鉢をつき返した。

石作皇子は鉢を門の前でえいっと捨てて、このように返歌する。

しら山にあへば光のうするかとはちを捨ててもたのまるるかな

(君の魅力のまばゆさの前では、鉢の光も見えなくなってしまったというまで。鉢は捨てても、まだ君をあきらめきれない。可能性があるならどうか……!)

かぐや彦は、このあつかましい手紙には、もう返事もしなかった。なにも聞き入れようとしなくなった。皇子はもっとなにかいおうとしたが、むだだと思い、帰った。

ちなみに、にせものと見やぶられた鉢を捨てて、なおいい寄ったというこの件いらい、厚顔無恥なことを「はぢを捨つ」というようになった。

四、蓬莱の玉の枝——車持皇子

車持皇子は、慎重で演技派、なかなかの策略家であった。

朝廷にたいしては、病をよそおい、

「筑紫の国へ湯治にゆきます……」

といって休暇をとった。

かぐや彦の家にたいしては、

「玉の枝を取りにいってきます!」

と、伝えた。

筑紫へ下向する皇子に、家族や雇い人たち全員でにぎやかに難波までつきそったが、敵をあざむくにはまず味方から――皇子は「これはそんな晴れがましい旅じゃない。ごく私的な旅なんだ。しずかにすごさせてくれ」と青ざめた顔でいい、みんなをつれていこうとしない。近侍の者たちだけで旅立つことにし、あとの人びとは都へと帰った。

そして、遠くへいってしまったと見せかけて――三日のちにひっそりと船で帰ってきたのである。

まえもって計画していたとおりに、皇子は当世一流の鋳物師六名を極秘裏に召しかかえたが、かんたんには人の近寄れない住宅兼作業場をこしらえ、鋳物細工用のかまどを壁で三重にも取りかこみ、そこに名工たちをひっそり招き入れるという厳重な警戒ぶりであった。

皇子みずからその作業場にこもって、名工たちの仕事ぶりをつぶさに監視するなか、図面どおりに玉の枝は作られていった。そしてついに、かぐや彦の語った――銀の根に金の枝、白い玉を実とする木という――言葉そのままの出来ばえのものが完成した。

皇子の計画はすすみ、玉の枝を人目につかぬよう難波へと運びだすことに成功した。そして、「船にて帰ったぞ」と、家へ知らせる使いを飛ばし、苦しげに病身をよそおってそこへとどまっていると、おおぜいの人びとが迎えにやってきて、事実をなにも知らぬまま、主人の帰還をよろこんだ。

玉の枝は、箱に納めるとふたりがかりで担がねばならぬほどの大きなものであった。いつしか都では「車持皇子は筑紫から、伝説の優曇華《うどんげ》の花をもち帰られたそうだ」と、ささやかれるようになる。かぐや彦はそれを聞き、「負けた」と、背筋の凍りつく思いがした。まさか、もち帰ったというのか、あいつが？　蓬莱の玉の枝を！　そんなことのできる人間がいるとは、と、胸がつぶれてにがいものが全身にあふれだす。

そしてついに、家の門はたたかれ、「車持皇子がお見えになりました」と、皇子の家来の声がする。さらに「旅のおすがたのままいらっしゃいました」と訴えるので、いそいでオキナが会うことにした。

皇子はいう。

「この私、命を捨てて玉の枝をもってきました。かぐや彦どのにそうお伝えして、お見せしてください」

オキナは召使いに長櫃《ながびつ》を運ばせ、家のなかに入れた。玉の枝には手紙がついていた。

いたづらに身はなしつとも玉の枝を手をらでただに帰らざらまし

（たとえこの身は死んだとしても、玉の枝だけはぜったいにもち帰っていたことでしょう！　そしてきょう、私もあなたをぜったいに……もち帰るのです！）

「…………」

まったく心動かされず、かぐや彦が冷めた目で手紙を眺めていると、しびれをきらしたようにオキナが駆けよってくる。

「車持皇子は、君がお願いしたそのままに、すこしもちがわない蓬萊の玉の枝をもってきてくださった。これいじょうどんな不満が？　皇子はいまだ旅装束もとかぬうちにわがやへお立ち寄りになったのです、はやくお会いして、結婚しておあげなさい」

「…………」

かぐや彦はなにもいわず、横目でちらっとオキナを見た。それは、ほんとうにいつも優しく朗らかなわが息子であろうかと思うほど、冷たく、そしてまた、ぞくぞくと震えをおぼえるような美しい表情であった。

「かぐや彦や、なにかおいいなさい！」

むりかと思われた願いごとを、完璧に叶えた求婚者がいるというのに。さすがのオキナもめずらしく、かぐや彦にたいして声を強めてしまった。

「…………」

くちびるをきゅっと結び、かぐや彦は横顔を向けるばかり。ひざのうえでこぶしはかたく握られ、くやしそうに眉根がわなないている。どうしてもいやなものはいやだと、思いつめてとんでもないことを――舌を噛み切ったりしかねない気がして、オキナはこのうえどう声をかけたらよいのか、とほうにくれてしまう。

「なにをしてるんだ。いまとなっては、文句はいわせんぞ」

家のなかから返事がないことに動揺した皇子は、待ちきれずに縁側にはいのぼってしまう。あと一歩で、あとすこしで絶世の美少年かぐや彦をものにできるのだというあせりが、彼を皇子らしからぬ行動へと駆りたてる。

「こんなに身分の高い人が、こんなあさましい行動に出るとは」

オキナはおどろき、口のなかでそうつぶやいた。

かぐや彦を守らねば――しかし、ひたすらにわが家へ通ってきて、いまや約束を果たした皇子の心を思えば、もはやしかたがないことなのかもしれない。オキナは、いまでこそ勢いある長者の身となったが、根はまずしい庶民である。皇子にこのような強硬な態度に出られてしまうと、抵抗しようにも力が入らないのだった。

もの思う顔つきをして動こうとしないかぐや彦に、オキナは弱りきっていう。

「この国にはない玉の枝ですよ。これほどまでしていただいて、どうして拒むことができましょう。いつもの皇子は、人柄もよくていらっしゃる」

自分の言葉にそらぞらしいものを感じながらも、皇子とかぐや彦の板ばさみの苦しさに、どうしたらよいのかわからないオキナであった。

かぐや彦はぽつりという。

「大すきな親のいうことだから、断りつづけるのもつらくて、願いを叶えてくれたら――なんていったけど……」

追い払うためにふっかけた難題を、まさかほんとうに超えてくるとは。かぐや彦がにがにがしく思っているまにも、オキナは召使いたちに命じ、皇子とかぐや彦の閨《ねや》の準備にとりかからせる。

「そうだ」

家のなかがあわただしく動きだす音を聞きながら、かぐや彦はふと、あることを思いつく。

「父うえ、皇子におたずねいただきたいのですが。この玉の枝のついていた木は、いったいどこにありましたかと」

「わかりました。おたずねしましょう」

オキナは皇子にこれを伝えた。

皇子がいうには、

「さきおととしの、二月十日ごろだったかな。難波から船に乗って海へと漕ぎ出したものの、どの方角へいけばよいのか皆目わからない。ただ私は、かぐや彦どのと結ばれないのならば、世のなかに生きていたってしょうがないという気持ちで、あてどもなく吹く風にまかせていた。死ぬのはどうということもない。生きていればいつかは蓬莱という山にたどりつくのだろうと、波のうえを、たっ、ただよって……」

皇子は、自分の純な言葉に感動したように声を震わせてつづける。

「そのうち船は、わが国を遠く、遠ーく離れた。あるときは、波が荒れくるって海の底に沈没しそうになったし、あるときは、風に吹かれて見知らぬ国へ流れつき、鬼のような連中に襲われかけた。あるときは、いよいよ方向がわからなくなり完全に迷子になった。食料がつきて草の根を食べることさえしたし、表現しようもない、ぶきみな、正体不明なやつに食われそうになったこともある。そうそう、貝をとって食いつなぐこともしたね」

皇子にしてみれば、想定内の質問にたいし、周到に練られた台本どおりに答えているまでのことなのだが、いつしか自分でもふしぎなくらいに、どこからか物語を受信しているかのように、口からは旅の苦労話がつるつるよどみなく出てくるのだった。

皇子はオキナの同情を買うがごとく、思い出してもつらいというようにつづける。

「旅のうえでは助けてくれる人もおらず、病気もしたし、もうどこへ向かっているのかもわからない。船にまかせてただよい流れて――五百日めの朝八時ごろだろうか。海の一点に、わずかに山のような影がみえた。船に乗っていたみんながこぞって一心に見つめた。海上に浮かぶように見える山……それはほんとうに大きかった。そして高く、うるわしいすがたをしていた。これこそが私の求める山だと思ったね。しかし、そうとわかるときゅうにおそろしくもなった。すぐには上陸できず、遠まきに山をめぐって二、三日は見るだけだったか。すると、羽衣をまとい天人のかっこうをした若い男が山のなかから出てきて、銀のうつわで水をくんだりしている。船から降りて声をかけたよ――この山の名前はなんというのか、と。男は答えた――ここは蓬莱山です、と！」

ほうら、どうだといわんばかりに目をむいてこちらを見る皇子。オキナは皇子の冒険譚に心をうばわれて聞き入っていた。

皇子はわが意をえたとばかりにつづける。

「いやあ、うれしかったね。ほんとうれしかった。彼の名前をきいたら、『うかんるり』なんて答えた。異国風だなあと感心したよ。彼の帰っていった山を見ると、人の足には登るのにそうとう険しそうで、山のまわりをめぐってみることにした。この世にないめずらしい花をつけた木が、そこらじゅうに生えていたよ。黄金に銀、るり色の湧き水が流れ出て小川をなしているんだけども、そこにはいろんな玉でつくった橋がかかっているという目もくらむようなありさま」

「はあ」

「そこに、ついに、日ざしを照りかえして輝くひとむれの木々が立っているのを見つけて……」

「ほう！」

「――ここに持参した玉の枝は、そのなかではそれほど上等のものでもないが、かぐや彦どのの願いの品にはちがいないのだからと、手折ってもってきたしだい。どうか、これにてごかんべん願いたい」

いまや、皇子も自分の話にすっかり興奮していた。オキナには、皇子は大冒険から生還して経験値のぐっと増した、自信あふれる英雄に見えたし、皇子自身もそのように錯覚し始めていた。策略家の皇子はこれまで、目的のためには演技をし、うそをつくことも辞さなかったが、このようにおのれの虚偽の熱弁にはまりこみ、真実と区別がつかなくなるような事態は初めてであった。

皇子は自分をとめられない。

「ハッハッハ、山はとほうもなく楽しいものですよ、父うえ」

もう、皇子にとってオキナは義理の父であるも同然というふうであった。

「いやあ、いまとなっては、もうちょっとあそこにいてもよかったかなァ。しかしこの枝を折ってしまえば終わりなのではなく――かぐや彦どののお目にかけるまでが、遠足、ですからね、フフッ――帰路は追い風が吹いて――四百日あまりもたったでしょうか。仏のお力ですね、難波の港にたどりついて、きのうやっと帰ってきました。そして、潮にさらされた着物を着替える時間もおしんで、こうして参上したのです」

オキナは感動して、歌を詠んだ。

くれ竹のよよの竹とり野山にもさやはわびしきふしをのみ見し

(代々の、私のような竹取野郎も、野山でこんなにもつらい目ばかりにあう季節があるものでしょうか、あなたはなんてたいへんな目にあわれたことでしょう!)

皇子はこの歌を聞いて、

「ああ、そのようにいってもらえて。このところ思いわびていた気持ちも、きょうやっと落ちつくのです……」

そういって、歌を返す。

わが袂けふ乾ければ侘《わび》しさのちぐさの数も忘られぬべし

(海の潮と涙にぬれたこの袂が、かぐや彦どのに会えるよろこびで乾きましたから、これまでの艱難辛苦の記憶も忘れられるでしょう)

さてそうするうちに——かぐや彦からの質問に皇子が異様にのりのりで答えているあいだに、かなりの時間がたっていた。

いまだ興奮さめやらぬ皇子とオキナのいる庭に、見かけない男たちが六人ほどつれだって、あたりをきょろきょろと見まわしながら出てきた。

これを見たときの皇子の顔といったら——!!

ひとりの男が文ばさみに手紙をはさんでもっており、いう。

「えー、作物司《つくもつかさ》の職人頭であります、わたくし、漢部内麿《あやべのうちまろ》が申しあげます。このたび、玉の木を作る仕事を受注しまして、五穀を断って精進し、千日あまりもカンヅメさせられて限界まで働きましたのに、まだ報償がもらえていません。これをはやく頂戴して、弟子たちに与えたいのですが。どうぞよろしくお願いいたします」

こう述べたのち、男は手紙を皇子に向かってささげた。

オキナは話がのみこめずに首をかしげている。

「この人たちはなにをいっているんだ……?」

皇子は正気を失ったようすで、ひや汗をかき青ざめている。これを聞きつけたかぐや彦は、「その手紙を見せて」と、匠が文ばさみの先にささげているものを召使いに取ってこさせた。

かぐや彦は手紙をひらく。

——皇子の君は千日間ものあいだ、われわれ身分の低い匠たちとともに作業場にこもって、りっぱな玉の枝をお作らせになり、官位も与えようとおっしゃいました。なのにいまだ、いただけずにおります。この玉の枝はきっと、おめかけになられるというかぐや彦さまがおねだりをしたのだろう、と人に聞きました。このことを考えますに、こちらのお宅からいただくのがよいと思います――

手紙にはこのようにあり、さらに「もちろん、いただけますよね？」と、いかにも素朴な人という風情で匠がいうのを聞いて、かぐや彦の苦しくふさいでいた気持ちはすっきりと晴れてけらけら笑い、オキナにいうのであった。

「ああ、笑った。一時はほんとに蓬莱の木かと思ってしまった。さあ、父うえ。ぜんぶ茶番だとわかったのだから、そんなものはやく返してしまいましょう」

オキナもうなずいていう。

「こんなにはっきりにせ物だとわかってしまったんだから、返しても大丈夫だな……」

いまやかぐや彦の心は澄みきって、さっきの歌に返事をする。

まことかと聞きて見つれば言のはを飾れる玉の枝にぞありける

（ほんとうかなと、お話を聞いて、よく見てみましたら――言葉と作りものの葉っぱでそうとう盛った玉の枝でしたね！）

そして、玉の枝も返してしまった。オキナは、あんなにもっともらしく語っていたことすべてがうそだったとわかり、落胆するやら気まずいやらで、皇子の顔を見ることもできずに目をつむっていた。皇子はといえば、自分のことを、もはや立つも恥・座るも恥の究極恥的存在だとしか思えず、日が暮れると同時にすべるようにオキナの家から出ていってしまった。

かぐや彦はこの勇気ある訴えをした匠を呼びよせ、「あなたたちのおかげです」といい、報償をおおいに与えた。匠たちはとてもよろこんで「お願いしてみるものだな～、よかったよかった」と、ほくほくして帰った。しかしその道すがら、おさまらない怒りと恥とでひたいに青筋を立てた車持皇子が待ち伏せをしており、その家来たちに、六人は血の流れるまでぶたれてこらしめられた。あげく、報償を取りあげられて捨てられ、もう散りぢりになって逃げた。

皇子は思った。

「一生のうち、これよりひどい恥はなかろう、あるわけがない。美少年をものにできないばかりか、世間の人たちにどう思われ、なにをいわれるかわかったもんじゃない。湯治の旅も、病気も、職場にうそだと知られてしまったら……」

皇子は頭をかかえ、声をしぼりだすようにつぶやく。

「もう都に、居場所はない」

そうしてただひとり、深い山へと入っていった。

宮家の役人や召使いたち総出で探しまわったものの、亡くなってしまったのだろうか、そのゆくえはわからずじまいとなった。

ちなみに、皇子が策におぼれ、致命てきな失敗をしたこの玉の枝事件から、「玉盛《さか》る」――「魂離《さ》かる」というようになった。

五、火鼠の皮衣――安倍右大臣

右大臣の安倍御主人は、公卿のうちでも屈指の資産家であり、その一門はおおいに栄えていた。

これまで金で解決できぬことはなかったので――というよりも、それしか方法を知らないので、かぐや彦の願いごともそれで華麗にかたをつけるつもりである。もちろん、絶世の美少年への愛情のあかしとして、ひとつの案件としては過去最高額をつぎこむのもやぶさかではない。大臣は、未来の弟《つま》のために糸目をつけず大枚をはたける自分が大すきであった。

大臣は、赤んぼうのようなぷくぷくとした手に筆をもち、唐船の主である王慶《おうけい》という商人にあてて「火鼠の皮衣というものを買いつけてほしい」と頼む手紙をしたためた。そして、近侍のなかでも信頼のあつい小野房守《おののふさもり》に手紙をもたせ、その年にやってきた唐船へと遣わした。

房守は大臣の手紙と代金を王慶に渡した。王慶は手紙を読んでこのように返事をした。

――火鼠の皮衣は、わが唐の国にもございません。うわさには聞いたことがありますが、いまだ実物を目にしたことはなく……。ほんとうにこの世のどこかにあるものなら、この大都会にはとっくに入ってきているはず。今回ばかりは、とてもむずかしいお取り引きだと申しあげねばなりません。しかし、天竺へぐうぜん渡っていないともかぎりませんので、富豪の家にたずねてみるだけのことはいたしましょう。それでも見つからないときは、房守さんにそえて金子をお返しします――

歳月が流れ、唐船が日本に到着した。これに乗って帰国した小野房守が都へのぼってくるという情報を聞きつけると、待ちきれない大臣はさっそく早馬を送って向かわせた。房守はこれに乗り、筑紫からたったの七日間で都にもどることができたのだった。

房守が持参した、王慶からの最新の手紙にはこのようにあった。

――ご所望の火鼠の皮衣、このたびやっとの思いで所在をつきとめ、ゆずり受けること叶いましたので、お送りいたします。とにもかくにも、古今東西ひじょうに入手困難な品でございますよ。この皮につきましては、むかし、天竺の聖僧が唐へと渡ったさいにもっていたものが、西の山寺に保管されているという話を聞きつけまして、わが国の朝廷に願い出てなんとか買い取ることができたというわけです。ただ、おあずかりしていた金額では足りませんでしたので、私、王慶が不足ぶんを立て替えました。立替金の五十両を帰りの船にてお送りください。もしも、いただけないのでしたら皮衣はそのままお返しください――

これを読んで、大臣は大きな猫のようにごろんごろんとあたりを転がった。

「まったくまた王慶ったら。そんな小銭すぐに送る、送ってやるよーん」

と、日ごろの落ちつきや品格も吹っ飛んでしまい、はっとして座りなおす大臣。あまりに興奮すると、幼児のようなふるまいにもどってしまう人であった。

とてもむりかと思われたかぐや彦の難題も、ぶじ、金で解決。ああ、手紙を書けば注文一発、あとは家のなかでのんびり座っているだけで、金がめぐり、人が動き、らくらくと願いを叶えてくれる。ほんとうに金とはりっぱなもの、金とはよいものだ。扇子をぱちんぱちんと鳴らしながら、勝利を目前にしたざわめきに、大臣の色白のもち肌のうえにはぷつぷつざらざらがおさまらない。

「あーうれし。うれしくてどうにかなりそっ」

そして、唐の方角を向いて両手を合わせ、大きなまるい身体を折って伏し拝むのであった。


大臣のもとへ届けられた火鼠の皮衣。その納められた箱は、さまざまな美しい色をもちいて彩色がなされた素晴らしいものであった。皮衣はといえばさらにみごとなものであり、目にしみるほどに青い藍色の毛皮であった。毛先には金色の輝きがちらちらと、夜空にまたたく星のようにゆれる。なるほどこれはそうとうの宝ものにちがいなく、華やかであることはほかに類を見ない。

この皮衣は不燃性で、洗濯の方法はというと、なんと火のなかで焼き清めるのだという。とまあ、そんな特徴よりも、とにかく比類ない美しさこそが第一の値打ちであると大臣は考えた。大臣は美しいものがなによりもすきである。

「なるほど、これならば、かぐや彦がほしがるというのももっともだ」

大臣は、わがままおねだりかぐやちゃんが自分だけに見せる媚態を思い浮かべてそうつぶやき、

「ああ、もったいない」

といって、皮衣を箱にもどし、花の枝につけて贈りものの体裁を整え、みずからも瀟洒《しょうしゃ》

な勝負下着と勝負服をもって念入りに身じたくをした。そしておつきの者には、「きょうはこのまま、向こうに泊まることになるかも……♥」と、気のはやいことをもらした。

贈りものには、このような歌をそえた。


限りなきおもひに焼けぬ皮衣袂かはきてけふこそはきめ

（このかぎりない恋心にも焼けない、皮衣を差しあげられるよろこびで、涙に濡れた袂もやっと乾いて着られる――きょうこそ決めるぜ！）


オキナの家の門へ、贈りものをもってあらわれた大臣。オキナが出迎え、品物をかぐや彦に見せた。

「綺麗な毛皮みたいだけど。ほんものかどうかはべつの話」

かぐや彦は皮衣をみて、冷静にそういった。

オキナはじれったくいう。

「とにかく大臣を家にお入れしてさしあげましょうよ。この皮衣はいままでに見たことのない感じですし、このへんでもう、これをほんものだってことにしなさいな。人をそんなにこまらせてはいけませんよ」

オキナにとって、貴族や公卿に恥をかかせて平気な顔をしているかぐや彦は、自分たちとはあまりにもかけはなれた心の構造をしており、もはや理解ができなかった。こんなことをつづけていては権力者たちに憎まれ、いずれ報復されるのではないかと気が気ではない。

　オキナは大臣を邸内に招き入れ、しかるべき席についてもらう。

　そのようすを見て、ジジもひそかに、「こんどこそかぐや彦も結婚するだろう」と考えていた。それは、たのむからここらで決めておくれという懇願であった。ジジはオキナよりも気が弱く、ひんぱんに貴公子たちが家にやってくる異常事態が、すでにかなり神経にこたえていた。かぐや彦に、愛される男の幸せをはやく知ってほしいのも本心ならば、貴族や公卿がこわい気持ちもまた本心なのである。

　しかし、親たちのそんな気持ちを知ってか知らずか、自分のやりかたをくずさず、ゆずらないかぐや彦。少年はオキナにいう。

「この皮衣を火にかけても焼けなければ、ほんものだとわかりますし、僕もあのかたにしたがうことにしましょう」

「えっ、これを焼くですって?」

「父うえは『見たことない感じだからほんもの』だなんて、いうことがさいしょから負けちゃってます。焼いてみればはっきりするんだから、やるだけやってみましょうよ」

　オキナは、その実験をすれば気がすむのならと、

「君のいうとおりにしましょう」

といい、大臣に、かぐや彦のいうことを伝えた。

「ふむ。この皮は、唐にもないといわれたものをやっとのことで見つけ、入手したものですよ。なんのうたがいがあると？　でもまあ、かぐや彦どのがそういうなら、火にかけてみてください。はやく」

大臣はそういって自信を見せたが、じっさい皮衣を火のなかにくべてみると、火の粉を噴いて花火のようにあたりを明るませながら、めらめらといきおいよく燃えてしまったではないか。

この光景を見ていたかぐや彦はひとり納得していう。

「やっぱりね。べつものの皮だったんだ……」

大臣のふっくらした顔は草色に青ざめ、大きな体はわなわなと震えるばかり。落胆するオキナ、放心するジジ。よろこんでいるのはかぐや彦ばかり。そして、皮衣にそえられていた大臣の歌への返歌としてこのように詠んだ。

なごりなく燃ゆと知りせば皮衣思ひの外にをきて見ましを
（あとかたもなく燃えてしまう皮衣だと知っていたなら、こんな火を使った実験はせずにただ眺めていればよかったですね！）

大臣は完全に気落ちして帰ってしまった。

世間の人びとは、オキナの家の前でこんなうわさをするようになった。

「安倍の大臣は火鼠の皮衣をおもちになって、かぐや彦のところに通うようになられたそうだよ。ここにいらっしゃるのかな」

「いや、その皮というのが、火にかけたらあっというまに焼けちゃったんだと。かぐや彦はもちろん結婚しないさ。安倍さまはいらっしゃらないよ」

安倍の大臣が、にせものをつかまされてふられたというこの話から、あえなく失敗することを「あへなし」というようになった。

六、龍の首の玉――大伴大納言

大納言の大伴御行は、家じゅうの人を集めて、このように宣言した。

「龍の首に、五色に光る玉がある。それを取ってきた者の願いをなんでも叶えてやろう！」

とどろくような、太くりりしい声であった。

とつぜんの主君の命令に家来たちはざわめき、ひとりがいう。

「もったいないお言葉でございます。しかし五色の玉といえば、たやすく手に入らないもの。しかも龍の首にあるものといったら、いったいどうすれば取ることができるのでしょう」

大納言はいう。

「命を捨ててもあるじの意を叶えたいと思うのが、主君に仕える者の鑑である。なにも、天竺や唐のものを取ってこいというのじゃない。この国の海や山に、龍は昇ったり降りたりしているものだ。おまえたちはなにを想像して、これしきのことがむずかしいなどというのか」

家来たちはいう。

「そのようにおっしゃるならば、やるしかありません。困難なことであっても、お言葉にしたがって、玉を求めにゆきます」

そのようすがあまりに悲壮なので、大納言ははげますように豪快に笑ってみせた。

「なんだその顔は。おまえたちは大伴家に仕える者として、天下にその名をうたわれているのだぞ。自覚せよ！」

そして、家来たちに、龍の首の玉を取りに出かけるための——道中の食糧ほか、絹や綿や銭といった必需品をあらんかぎり用意し——旅じたくをしてやった。

そして大納言は、旅立つ家来たちにこう告げるのであった。

「おまえたちが帰るまで、わしは精進潔斎《しょうじんけっさい》をしてすごす。いいか、五色の玉を取らぬうちは帰ってきてはならぬ！」

家来たちはそれぞれ、主君の命を受けて出発した。

しかし、その心はばらばらであった。

「龍の首の玉を取らぬうちは帰ってくるなって……正気？　ねえ正気？」

「海や山に龍がいるなら、てめーが行けや」

「どっち行きゃあいいんだかぜんぜんわかんねえし、なんとなく足の向くほうに、とりあえず歩いちゃってますけどぉ」

「ますけどぉ～」

「いよいよやばいぜあいつ。もっと変なこといいだすかもよ」

「そしてそれにつきあわされる俺たち」

家来たちは、口ぐちに主人をののしりあう。

彼らは大納言から支給されたものをさっさと山分けしてしまい、ある者は自宅にこもり、ある者は自分のいきたいところへいった。

「君主は第二の親とかいわれても、こんな無茶苦茶、やってられんわ」

と、ろくでもないことをいいだした大納言への悪口はやまないのであった。

いっぽうそのころ、大納言は自宅を新築していた。

「かぐやピコンにきてもらうには、いまの家じゃ、ちょっと見苦しいからナ」

と、りっぱな建物をこしらえて、うるしを塗りぜいたくな蒔絵をほどこした壁をもうけ、屋根は染糸でいろいろな色に葺くという凝りよう。内装もいうまでもなく豪華絢爛で、織物に絵を描いたものをひと間ひと間に張りめぐらせた。

大納言は人前では堂どうとふるまい、決して弱みを見せない武人であったが、愛する弟《つま》たちとふたりきりのときには恥ずかしいあだ名で呼びあい、甘えあうのがすきであった。そして、高感覚ないまどきの少年のこのむ部屋のしつらえや服装などを研究し、「おっさんくさい」「ださい」「古い」といわれることをなによりもおそれていた。

そのご、かぐや彦を邸宅に迎える準備の最終段階として身辺整理にとりかかった。長年のつきあいの弟《つま》や恋人たち全員と、離縁したのである。

大納言は旅立った家来たちを夜も昼も待ちつづけたが、その年を越えるまでだれからも音沙汰がなかった。待ち遠しさのあまりに、お忍びで、召使いふたりだけをともない難波の海辺まで出かけていった。

「そういえば、大伴大納言家の人たちがおおぜい船に乗って出かけて、龍を殺してその首の玉を取った……とかいう話を小耳にはさんだんだが……」

大納言がなにげないふうをよそおって、このように話しかけると、船乗りはハハっと失笑した。

「変なことという人だねえ。そんなあぶないことする船ないよ」

「意気地なしの船乗りめ、大伴一族の武勇を知らんのか。しかも俺様がだれかも気づかず、ため口をきいてからに……」

大納言はそんなふうにぶつぶつと思っていたが、ふいに立ちあがった。

「わが弓の力はたとえ龍であろうとも軽がると射殺《いころ》し、首の玉を取ることなんぞはどれほどのこともない。もたもたしている連中を待ってはおれん！」

いさましくそう叫び、大納言みずから船に乗って海に出たが、あてもなく漕ぎまわっているうちに筑紫のほうへとただよっていった。

そこからどうしたものであろう、暴風が起こって空いちめん暗くなり、一行の船は吹かれるままに翻弄された。どこに向かっているのかもわからず、風は船を海に沈めてしまいそうにごうごうと吹きまわす。波ははげしく船に打ちつけては渦へ巻きこむようで、かみなりが、まるで船を目がけるように周囲にびしびしと閃光を降らす。

さすがの大納言もすっかり狼狽し、うめいた。

「こんなことはじめてだ。どうなってしまうんだ」

船頭がいうには、

「長いこと船に乗っているが、海でこんな目、あったことがない。沈没するか、かみなりが落ちるか。もし神さまがお助けくださったとして、けっきょくは南の海に流されていくんじゃ。ああ、こんな大それた人に仕えたばっかりに、おそろしい、わけのわからん死にかたをするのか！」

あわれにも泣きだしてしまった船頭に、大納言はいう。

「船に乗れば、船頭のいうことを高い山のように頼みにするものなんだぞ。そんな弱音を吐いてくれるな」

気丈にも船頭を叱咤しつつ、はげしく嘔吐してしまう大納言。

船頭は叫ぶ。

「頼りにされたって、わしにゃあなにもしてやれん。そりゃあ、船に乗れば風や波に見舞われることはある。じゃが、かみなりまでが、船を狙うように落ちまくりよるのは、龍を殺そうなどとおそれ知らずなことを考えなさるからじゃ！　疾風は龍が吹かせるもの。はやく神にお祈りなされ！」

「そうか。わかった」

大納言はやっとの思いでそう答え、

「海道守護の神よ、どうか聞き届けたまえ。わたくしは、浅はかにも龍の命をうばおうなどと考えましたが、いまからは、そのうろこの一枚にも触れたいとは思いません！」

そう叫んで、祈りの言葉に声を張りあげた。

泣きながら千度も祈りをささげたためであろうか。しだいに雷鳴はやみ、まだすこし稲光はひらめいているが、はやい風がぐんぐんと船を押し始めた。

泣きはらした顔で船頭はいう。

「やはりあの嵐は龍が吹かせていたか……。この風は、よい風じゃ。わるい方角ではない。この風に乗れば帰ることができるじゃろう」

しかし大納言は疲労と苦しさが頂点にたっし、その言葉も耳に入らない。


風はそれから三、四日は吹き、船を海岸へと吹き寄せてきた。播磨は明石の浜であったが、大納言は南海の浜に流れ着いてしまったのだと思いこみ、まるっきり気力をなくした。

船のお供たちが播磨の国府にこのことを知らせ、やがて国司が見舞いに駆けつけても、大納言は起きあがることもできずに船底に伏したままであった。松原にむしろを敷いて、船からそっと大納言を降ろすお供たち。そこでようやく、ここは南海ではないと気づいて体を起こそうとしたが、船上での過酷な日々に風病《ふうびょう》が悪化していた大納言は、ふしぜんに腹がふくれ、左右の目はすももをくっつけたように赤く腫れあがっていた。そのありさまを見て、播磨の国司も、気の毒とは思いつつちょっと笑ってしまった。

国司に命じて手輿《てごし》を作らせ、うめき、うめき、担がれて家へと帰った大納言。それをどのように聞き知ったか、あちこちに散っていた家来たちが参上してこのようにいう。

「龍の首の玉を取らぬうちはもどるなというおおせでしたので、こちらへも参れずにおりました。しかし、いまは殿さまも玉がほんとうに入手困難なものだとご承知かと思い、おとがめにはなるまいと、おそれながらもどって参ったしだいです」

大納言は起きあがっていう。

「おまえたち、よくぞ、龍の玉を取らずにいた。龍はな、かみなりの仲間であったぞ。その玉をうばおうとしたことで、あやうくたくさんの家来を死なせてしまうところであった。まして、龍を捕えていたりしようものなら、わしはかならず殺されていただろう。いかにも、おまえたち、よくぞ捕えずにいてくれた」

そして、あまりにも苦しすぎる旅のあいだに、すっかりうらみの対象となっていた――あの少年のことを、憎にくしげにいう。

「かぐや彦とかいう大盗人野郎が、人を殺そうとしおった。やつの家のあたりすら、いまは通るものか。おまえたちも、くれぐれもあのへんをうろつくな」

大納言は、残っているわずかな家財を、龍の玉を取らなかった者たちに与えたが、これを聞いて、離縁された男たちは腹のよじれるほど笑いころげた。そして、かぐや彦との愛の巣と思って新築した家の、きれいに葺かせた屋根はといえば、とんびやからすが巣づくりの材料に染糸をみんなくわえていってしまった。

世間の人びとは、こんなうわさをするようになった。

「大伴の大納言は龍の首の玉を取っていらっしゃったろうか」

「いやいや、両目にすもものような赤い玉ならくっつけていらしたがね」

「ハハハ、食えたものではないね、そりゃ」

そういったことから、わりにあわずままならないことを「あな、たへがた（食べがたい＝耐えがたい）」というようになった。

七、燕の子安貝――石上中納言

中納言の石上麻呂は、家来たちにこう命じた。

「燕が巣を作ったら教えよ。燕がもっているという子安貝を手に入れたいのだ」

家来たちはいう。

「いままでたくさんの燕を殺して腹のなかを見てきましたが、けっきょくなにもありませんでした。産卵するときにだけ、そんなものを出すとかいわれていますが……出すといっても、なにがどうなっているのか。なにしろ燕というのは、人を見ると逃げてしまいますし」

ある人が教えてくれるには、

「大炊寮《おおいのつかさ》の飯炊き場の柱ごとに、燕が巣くっていますよ。そこに、そうですねえ、根気のある人でも選んで、足場にのぼらせてのぞかせていたら、産卵するところをたくさん見られるはずです。そうしたら子安貝も取れるでしょう」

中納言は無邪気によろこんで、

「大炊寮に燕が？　いいことを聞いた。ぜんぜん思いつかなかった。ぜひそれでやってみよう」

そして、家来のなかから野鳥観察に向いていそうな注意深く根気のある者たちを二十人ほど選びだし、高く組みあげたやぐらにのぼらせて燕を見張らせ、みずからは御殿からひっきりなしに使者を送って「貝は取ったか？　まだか？」と、たずねた。

「人がおおぜいのぼってきたため、燕が巣に寄りつかなくなってしまいました」という返事に、どうしたらよいかと悩む中納言。

いつしか中納言の頭のなかでは、このような思考回路がぐるぐるとしていた――だれか妙案を授けてくれないかなあ。鳥の習性なんて知らないし、そもそも動物にそれほど関心ないもの。わしはいちずな気持ち、心意気で勝負するって男なのよ。ああ、だれか妙案を授けてくれないかなあ――。

中納言は、まつりごとの中枢にかかわる権力者としてはめずらしく、臣下やまわりの人の言葉に素直に耳をかたむける、愛すべきお人よし――といえば聞こえはよいが、確固たる自分の考えというもののない、他人の言葉をうのみにしがちな人であった。

知恵を貸してくれる者はいないかと待っていると、大炊寮の役人の倉津麻呂《くらつまろ》という老人がこのようにいってきた。

「子安貝を取ろうとお思いならば、作戦を練らねばなりませんよ」

「なにっ」

中納言は待っていたとばかりに老人を部屋へ招き入れ、ひたいをつきあわせて話しこむ。倉津麻呂がいう。

「中納言さま、あのやりかたはまずいですよ。巣の近くに人間が二十人もうじゃうじゃしていたら、小鳥でなくてもこわがって遠のいてしまいます。ほんとうになさるべきことは、ご家来たちを全員あそこから引きあげて、やぐらも取りはずしてしまわれることです。そうして、とくにまじめな者ひとりだけを綱をつけた籠に乗せて、燕の産卵が始まったら、綱を引いて籠をつりあげ、サッと子安貝を取ってしまう。この作戦がよろしいでしょう」

中納言はこの言葉に感激し、老人の肩をバシッとたたいていう。

「じいさん、おまえ頭がいいな！　うん、そうしよう、すぐにだ！」

大炊寮の飯炊き場に作った足場をこわさせ、家来たちを帰ってこさせると、中納言はさらに倉津麻呂にたずねる。

「燕がいつ卵を産むか、どうしたらわかる？　どの頃あいに、人を乗せた籠をつりあげたらよいのだろう」

老人は答える。

「燕が産卵するときは、しっぽをさしあげて七回その場を回り、産み落とします。七回回っているうちに籠をつりあげて、すばやく子安貝を取らせるのです」

「ほんとうにおまえはもの知りだな！」

そこまで段取りがつけばもう計画は完璧であろう。すでに成功した気持ちになり、舞いあがってしまう中納言。

「じいさんよ、うちの家来でもないのにわが願いを叶えてくれるとは。感謝しているぞ」

と、中納言は着物を脱ぎ、ほうびとして倉津麻呂に与えた。そして、

「こんやまたこの大炊寮にきて、大作戦を手伝ってくれよ」

といって、ひとまず老人を帰した。


日が暮れて、中納言がわくわくしながら大炊寮にやってくると、ほんとうに燕がふたたび巣にもどり、あるいは巣づくりをしていた。

やがて、倉津麻呂がいったように燕が尾をあげて回り始めるのをしたから確認すると、時をうつさず家来を乗せた籠をつりあげる。

家来は燕の巣に手を入れてさぐってみたが、「なにもありません」という。

「ここまできてなにを。不器用なやつめ、さがしかたがわるいのじゃ」

と、中納言はじだんだを踏む。

「ええい、わしがのぼる！　わしが貝を取るぞ！」

そういうと、中納言はさがってきた籠から追い出すように家来を降ろし、みずからが乗

り、つりあげさせる。そして、燕が尾をあげてくるくると回るのを見つけると、すばやく手を入れて巣をまさぐり、なにか平べったいものにふれた。にぎりしめて叫ぶ。

「取った！　ほうら、わしにかかれば一発じゃ。さあ降ろせ！　じいさん、やったぞ！」

あわてた家来たちは、主人をはやく降ろさねばと、綱をゆるめるべきところをさらに引っ張ってしまい――たちまち中納言は、八つならんだ大釜のうえに真っ逆さまに落ちてしまった。

一同はこの事故におどろき、主人に駆けよって抱きかかえたが、白目をむいて気絶している。水をすくっては飲ませているうち、ようやく中納言は息をふきかえした。

呼吸が落ちつくのを待ち、家来たちに手とり足とりされて釜のうえからおりる中納言。

「ご気分はいかがですか」

と、たずねられ、中納言はまだ苦しい息のしたから、弱よわしく答える。

「いくらか、正気になってきたが、腰がまったく動かん。でも、子安貝をこの手ににぎっているからな。それだけはうれしいぞ。――おい、だれか明かりをもて。貝が見たい」

そういって、運ばれてきた明かりのなかで、にぎりしめていた手をひらくと――平べったいものと感じたそれは、燕の古いふんのかたまりであった。

一同、もはや、なんと声をかけたらよいのかわからない。

中納言は手のひらを見つめて、

「ああ、かいのないことだ……」

と、虚脱したようにつぶやいた。

このことから、努力が報われなかったことを「かひなし」というようになったのである。死にそうな目にまであって手に入れたものが、子安貝ではなかった——貝ですらなかったということに、中納言はがくんと気を落とし、ふたたび意識がもうろうとしてきた。その腰は骨折してしまっていた。

中納言は、こんな子どもじみたまねをして大けがしたことを人に知られたくないと心労し、それはいつしか病へと転じてたいそう弱ってしまった。

貝を取れなかったことよりも、自分が世間の笑いものになっているのではという恐怖が、日ごとに心を占めてきた。それは中納言にとって、ふつうに病気で死ぬよりもずっと恥ずかしいことであった。すこし考えのいたらないところはあるものの、朗らかで人のよかった中納言から、いまは笑顔が消え、嘲笑の声の空耳におびえて部屋にひきこもるようになってしまった。

かぐや彦は中納言のそのようすを伝え聞き、見舞いの歌を贈った。

年をへて浪たちよらぬ住の江の松かひなしときくはまことか

（長いことお越しになりませんのは、波も立ち寄らない住の江の松じゃありませんけども、

もう待つかいもないと聞くのは、ほんとうでしょうか）

この歌を、腰を痛めて寝たきりの主人に、家来が読みあげて聞かせた。もうかなりおとろえていた中納言であったが、頭をあげ、紙と筆をもってこさせ、苦しいのをこらえてようやく一首書きつける。

かひはかく有りける物をわびはててしぬる命をすくひやはせぬ

（あなたからお手紙を頂戴できて、骨を折ったかいなら、このとおりありました。しかし、あなたを想いながら死にゆく命を、粥を匙《かい》ですくうように、どうして愛情でおすくいくださらぬのですか？）

そう書き終えるとともに、中納言は息絶えてしまった。
その知らせを受けて、かぐや彦も、かすかに心を動かされたのだった。
このことから、すこしだけ報われることを「かひある」というようになった。

八、帝の恋

さてそれから――。

この世のものとも思われぬ美貌のかぐや彦と、五人の貴公子たちとの求婚騒動のてんまつが、ついに帝の耳に入るところとなった。

帝は内侍の中臣蓄薇房《なかとみのばらふさ》を呼びつけて、こういった。

「その美しさでおおくの人の身を滅ぼし、だれとも結婚せずにいるとかいうかぐや彦……いったいどれほどの美少年だというのだ。内侍よ、おまえの目で確かめてきてはくれぬか」

薔薇房は承知して退出した。

ふいにあらわれた帝からの使いに、オキナとジジの家は騒然となった。ふたりは薔薇房を家のなかへ受け入れ、会談の場をもうけた。

「帝は、かぐや彦どのにご興味をおもちです。絶世の美少年と評判なそのおすがたを、この目でよく確認するようにとの勅命でございます……」

薔薇房は、恐縮しきっているジジの心をほぐすようににっこりと笑い、このように告げた。

「さようでございますか。では、かぐや彦にそう伝えてまいります」

ああ、このときがきてしまった。ついに帝がうちの息子を――。

ジジは緊張のあまり、足がしびれているのも忘れて立ちあがろうとしてよろけ、召使いに支えられながら退出した。

ジジはかぐや彦の部屋へゆき、そっと声をかける。

「彦や、帝のお使いがいらっしゃいましたよ。はやくお会いしてさしあげなさい」

紙で折った鳥をいくつも室内に飛ばしていたかぐや彦は、その遊びをやめぬまま、いう。

「僕、そんないいもんじゃありませんって。うわさの美少年でございま〜す、だなんて、まぬけにもほどがあるでしょう」

息子のこの反応は、予測していたことではあった。ジジはふしくれだった両手を胸の前でぎゅっとにぎりしめ、

「またそんな、こまらせるようなことといって。帝の、帝のお使いなんですよ、わかってるのっ?」

「わかんないです」

紙の鳥をひろって、つばさの角度を変えて折りなおすかぐや彦。しなやかな指で鳥をつまみ、こめかみの脇からヒュンと放つと、すいっと飛んだ。

「うん。やっぱりこっちのが飛ぶ」

「彦や、まじめにお聞きなさい！」

「どうしてそんなに父うえたちがびびってらっしゃるのか、わかんないです。帝のいうことだからって、放っておけばいいでしょう。僕はなんとも思いません」

「ひい」

あまりの言葉に、ジジはまた、ひよどりのようなするどい声をあげた。

見れば、かぐや彦が折って鳥にしている紙は、これまでに届けられた恋文を再利用しているのであった。そのなかには、かぐや彦にふられたために失脚したり命を落とした貴公子からのものもまじっているであろう。わが息子ながら、どういう神経をしているのか、なにを考えているのかわからない。別室に帝の使いを待たせていることも、ぼうぜんとしているジジのことも、忘れたというかのように、かぐや彦は部屋のすみにたまった紙の鳥をかき集めている。

「僕、いやなんです」

自分の世界に入ってしまったように見えた息子が、いきなりいったので、ジジははっとした。

「えっ？」

「あの公家の人たちとか、帝の使いとかいう人がくると、父うえたち、緊張して人が変わっちゃったみたいになるのが……。僕たち、三人で、ずっと楽しかったのに」

「彦や」

「大すきな父うえたちが、朝から晩まで働きづめだったのが、家でのんびりしてくれるようになって。美味しいものが食べられて、体が楽になったって、よろこんでくれたのがうれしかったんです」

「…………」

「なんだかずいぶん、変わっちゃったな」

といって、かぐや彦はため息をついた。

思いがけなく優しい言葉を聞き、ジジは、これいじょう強引に息子をせき立てることもできず、内侍薔薇房の前にもどった。

「ざんねんでございますが、あの子は未熟で、ひどく強情者でございまして、ご面会はしないと申すのです」

「んん――んんん……」

薔薇房はいかにもおどろいたという顔をしてみせ、くすっと微笑していう。

「しかし私も、かならずお顔を見るようにいわれていますから。子どもの使いじゃありませんしねえ……うわさがほんとうか確かめるまでは帰れないのですよ」

帝の使いはいかにもおっとりと優しい声をしていたが、ただで帰ると思っているのかというすごみがあった。オキナとジジには、この人たちのこういうところがこわいのである。

薔薇房は、かぐや彦の、貴公子たちへの異様な冷たさについては、情報を集めてひととおり調査ずみである。出てこいといって、ほいほいと顔を見せるとは期待していなかった。

さてここからすこし、攻勢をかけてみようか。ほんとうは、すでにこんなにおびえている老父をおどしてもしょうがないのだけども――。

「国王のおっしゃることを、この国に住む民がきかずにすむ……ということは考えられませんね……？　息子さん、未熟でとおっしゃいましたけど、そろそろ道理というものをわからねばならぬお年でしょう？」

内侍の口調はつぶやくようにしずかなものながら、その真意は蛇のようにさらさらと畳のうえを迫りきて、ジジは首をしめられるような心地になる。

「はっ、はい、おおせのとおりにございます。甘やかして育ててしまいましたもので、いつまでも頑是なく……」

ジジはふたたびかぐや彦の部屋へゆき、帝の使いに会うように説得する。しかしかぐや彦は聞く耳をもたない。

「国王の命令にしたがわないということが、どういうことかわからないのですか、かぐや彦よ！」

ジジの言葉はもう悲鳴のようであった。

かぐや彦は散らばった紙の鳥たちのまんなかに座り、頬杖をついて、

「はい、僕はしたがいませんから、はやく殺してください。——そういうことでしょう？」

少年からの返事を伝えられると、さすがの内侍も絶句してしまった。

「殺せ、とな」

大きな肩をすくめて縮こまっているジジを眺め、薔薇房は、午後をすぎてざらついてき

た青いあごを指先でなでながら、すこし考えた。

「…………」

かぐや彦とかいう少年、なにもわかっていない大ばかなのか、ほんとうにおそれを知らぬ豪胆なのか。胸のざわつくような――あぶないにおいがするが、本人に会えないのならば、これいじょうは測りかねる、と、内侍薔薇房は考えた。そして、オキナとジジの家を去った。


薔薇房から面会は不成立であったと伝えられると、

「その心が、おおくの人を殺したのだな……」

と、帝はうめいた。

「おそれながら、わたくしの勘でございますが」

薔薇房はいう。

「なにか、あの少年は危険……ほんとうに人の心があるのかと、うすら寒いものをおぼえます」

「ふむ」

「親たちに話を聞けば、彼が強硬に拒否するのは結婚にかんしてだけで、あとのすべての面では理想てきな息子だというのです。こういわれて、わたくしもすこし混乱しました。

優しく情も深い孝行息子――しかし、なにかはわからないけども、人間としてとうぜん備わっているべきものが、決定てきに欠けている」

「ほう」

「はじめは、甘やかされて育った、多少度を超えた世間知らずなのかと思ったのです。いや、そうであったら助かると。しかし、そうではないようです。両親がおよそ凡人であるだけに、いやがおうにもきわだった印象をもちました」

「まるで、もう会ってきたかのようにいう」

帝は苦笑した。

「本人に会わなくても、びりびりと伝わってくるものが……」

「おそるべき少年ということだな」

帝はひたいに指を立ててため息をついた。

いったんは、かぐや彦のことを考えるのはやめにしようと思った帝だが、やはり思い切ることができずにいた。美しいだけでなく、人間を見る目においては一目おいている内侍が危険とまでいうその心。かぐや彦について知れば知るほどに、ひかれてしまう気持ちをとめられない。

帝はオキナを呼びつけて、このようにいった。

「おまえの家のかぐや彦を参内させよ。容貌がすぐれていると聞いて使いをやったが、ずいぶんなまねをしてくれたものだ。こんなことをゆるしておいては、くせになるのではないか」

オキナはひれ伏して、声を震わせて答えた。

「あ、あの子は、どうにも宮仕えをし、しそうにありませんで、親としても、もてあまして、おるのでして。ですが、帰りましたら、おおせにしたがうように申し伝えます」

帝はいう。

「そうせよ。かぐや彦を参内させたら、おまえに五位の位を与える」

「はっ?! わ、わたくしめを五位に」

飛びあがらんばかりにおどろくオキナ。

ついに貴族の仲間入りに――?!

いままでは、庶民あがりの成金にすぎないことが後ろめたく、貴公子たちにも対等の口をきくのがはばかられていたが。自分も官位を授かれたなら、もうびくびくしなくてもよくなる。

かぐや彦を参内させることができても、できなくても、未来が激変してしまいそうな予感に、オキナは何度もめまいをおぼえながら帰宅した。

「――……と、帝はおっしゃるのだが、やはり、君はお仕えなさらぬでしょうな……」

「はい、よくおわかりですね」

かぐや彦はにっこり笑い、

「宮仕えする気はありません。むりやりさせるというのなら、一瞬だけそうして、父うえが官位をもらうのを見届けたら、死ぬだけです」

「なんてことを」

オキナは悲しい顔をしていう。

「官位をいただいたとて、わが子に死なれてなんになるというんです。でもなぜ、そこまで宮仕えをいやがるのですか。死ぬとまでおっしゃる、そのわけは」

「父うえ――僕は、たくさんの人の愛情をうたがって試すことをして、むだにしてしまいました。こんなまねをしておいて、いまさら帝のものになるなんて、世間の人にどう思われることでしょう」

と、かぐや彦がしんみりという。オキナは腹が決まり、うなずいていう。

「この天下で、かぐや彦、君の命に代わるほどだいじなものなどないのです。よし。お仕えはできないということを、帝に申しあげよう」

オキナは帝のもとへ参上し、いう。

「参内せよとのお言葉を伝えましたが、あの子は、宮仕えをするくらいなら死ぬつもりだと申します。かぐや彦は私どもから生まれたのではなく、むかし、山のなかで見つけた子でして、おそらくそのために、性格が、どうもふつうではないようなのです」

人と変わった心をしている——内侍がいっていたこととおなじだ。帝はすこし考え、このようにいう。

「おまえの家は山のふもとにあるな。狩りに出るときにでも立ち寄って、かぐや彦を見てしまおうか」

「それはよいお考えでございます。あの子がぼんやりしているすきに、ふらりとおいでにおなりませ。きっとご覧になれるでしょう」

帝はすぐに狩りの日程を決めて出かけ、通りすがりにオキナとジジの家にそっと入りこんだ。そして、その人のいる部屋はすみずみまで陰がないという情報を頼りに、建物のなかをさがしまわり、ついに、うわさに聞くとおりのすがたを視界にとらえた。

あの少年であろう、と、帝はすばやく近づき、こちらに気づいて逃げだしたその袖をつかんだ。恥ずかしがって顔をかくすかと思いきや、かぐや彦は帝の目をきりりと見かえしてきた。

なんという目をしているのか。

物おじせぬつややかな黒い瞳に、帝は一瞬で胸のなかのすべてを吸いあげられたようになる。少年の顔や手からだけではない、着ている衣服からも波のように光はあふれ、強く輝くそのまばゆいすがた。

「き、君が」

君がかぐや彦か――そうたずねるのもおろかに思えるほど、これがかぐや彦いがいのないにものでもあろうはずがなかった。

あの男もあの男もこの少年のために身を滅ぼした。

少年について聞いていたことにすこしも誇張はなかったのだと、すべてに納得がいく。苦しいほどに男たちの気持ちがわかる。いまや帝自身が、かぐや彦のあまたの求婚者たちとおなじ気持ちに――はげしい恋におちいっていた。しかし帝が彼らとちがっていたのは、男たちのだれもかぐや彦のすがたを間近に見たことはなかったが、自分はいま、少年とひとつ部屋におり衣服の触れあうほどに近づいているということである。

どう口をきいたらいいのか、言葉が通じるのかと、帝はかぐや彦の黒い瞳をさぐるように見つめるが、その赤いくちびるが、光の肌のしたにも人とおなじ色の血が流れていることを示していた。帝は白く輝く手首をつかんでひきよせる。

顔をそむけるかぐや彦。

帝はいう。

「放さないぞ」

そして、かぐや彦をつれていこうとする。

「あなたは僕をつれていくことはできない」

「私にできないことなどないのだ、かぐや彦」

少年を抱きかかえたまま帝が輿を呼びつけると、その腕のなかからふいに重さがなくなり、かぐや彦のすがたが消えてしまった。

「なんと」

帝はおどろき、うす暗くなった部屋のなかを見まわすが、自分のほかにだれもいない。

「かぐや彦、どこだ」

ほんとうに、ふつうの人間ではないというのか――。

そうだとわかっても帝には、おそろしいとは思えず、美しいすがたをもういちど見たい、まだ見たりない、と、飢えたように求める気持ちがあるばかりだった。帝はもう、かぐや彦が恋しくてたまらなかった。

「わかった！　かぐや彦、いまは君をつれていきはしない。せめてすがたを見せてくれ！そうしたら……私は、おとなしく帰ろう」

暗がりに向かってそういうと、かぐや彦はふたたび帝の目の前に立ち、室内には明るさがもどった。

「よかった」

帝はほっとして言葉をもらした。そして、ひと目で心うばわれた愛らしく美しい顔を、こんどはぞんぶんに見つめる。

かぐや彦はなにもいわずにこちらを凝視している。

「君が――いないと、こんなに暗い部屋だったとは」

「…………」

「約束だった。帰ろう」

帝は思い切ってかぐや彦といる部屋をあとにし、オキナにたいし、少年と会わせてくれたことに感謝を伝えた。オキナはこれをよろこび、帝のおつきの百名もの人びとに酒と食事をふるまった。

かぐや彦を残したまま帰らねばならぬことは、帝には過去に経験のないほどの苦しみであった。叶わぬ恋などしたことのない人なのである。この山すその家に魂をおいていくかのような、おぼつかない気持ちで輿に乗る。

目をひらいてもとじても、顔の前にちらつくあの顔、あの光景――。

強引につれ去ろうとして、かぐや彦が腕のなかから消えてしまうまで、天井にも床にもどこにも陰はなく、ふたりきり満月のなかに入ってしまったと錯覚するような時間であった。あんなに目も耳も、だれかのことを感じようと必死になったことはなかった。

これまでの歳月、自分はほんとうに生きていたといえるのだろうか――あの透明な光のなかの燃えるようなひとときだけが、生きている時間といえるのではないか……。

帝は輿のなかで、ため息をつきつつ歌を詠み、かぐや彦に贈った。

帰るさのみゆき物うく思ほえてそむきてとまるかぐや彦ゆへ

（帰りの行幸の物憂さといったらない……何度も輿をとまらせて振りかえってしまう。私にしたがわず、家にとどまるというかぐや彦、君のせいだ）

かぐや彦は返歌をした。

むぐらはふ下にも年はへぬる身のなにかは玉のうてなをも見む

（雑草の生い茂る貧しい家にすごしてきた僕です。どうしていまさら宮仕えなどして玉台のような御殿に暮らそうだなんて夢を見るでしょうか）

帝はこれを読んで、自分の帰る場所はどこにもないような感覚におそわれた。かぐや彦との一瞬ともいえる短い出会いをしてから、時間や場所の感じかたがどうにもおかしい。生まれてからというもの、自分はほんとうにいるべき場所にいたことはいちどもなく、まだ人生が始まってさえいないような気がしてくるのだ。泣きたいような、この気持ちはなんであろう。

これはほんとうにただの恋なのか。これまで恋だと思っていたものとは、なにもかもがちがう。

帝には、もとの暮らしのすべてが色あせて見えた。

身のまわりに仕える者たちを見ても、かぐや彦に感じたようなときめきや感動はなにもない。容姿が気に入ってそばにおいていた人たちのことも、かぐや彦を知ってしまったあとではどうとも思わない。あの光輝く、にらむように自分を見つめかえした少年だけが恋しく、帝は弟《つま》たちのもとへもいかずにひとりですごすようになった。

それからは、かぐや彦へ手紙を書いて贈ることが帝のただひとつの楽しみとなったが、少年からの返事は、いがいにも、それほどつれないものでもなかった。すこしは望みがあるかと思うと帝の心は若き日のように躍った。恋をするまなざしで見れば、変哲のない木や草も風情がありおもしろいものに感じられ、新しい発見がある。それらを、すべてを分かちあいたい恋人へいそいで報告するように、歌を詠んでは手紙を贈る帝であった。

九、かぐや彦の帰月

帝とかぐや彦の、文通でたがいの心をなぐさめあう日々は、三年ばかりつづいた。そのかん、かぐや彦の背丈はのび、見た人の心を甘く和らげる魅力はそのままに、面ざしからは幼さが抜け、世の人類ととても同族とは思われぬ美しい青年に成長していた。

その年の、春のはじめのこと。月がおもむき深くのぼっているのを見て、かぐや彦は、もの思いにふけるようになった。家の人が「月をそんなにじっと見入りなさるのは、不吉なことですよ」と制するけれど、だれもいないときにはやはり月を見あげてしまうかぐや彦なのであった。

七月十五日の月の明るい夜には、縁側のはじに立ち、ひどく切実そうな表情をしているところをかぐや彦の召使いが見かけた。召使いはいそいでオキナに知らせた。

「かぐや彦さまは、日ごろから月をしみじみと眺めておられますが、さいきんはごようすがふつうではありません。なにか思いつめていらっしゃるようなお顔で……。オキナさまもどうか、かぐや彦さまをよく見ていてあげてください」

オキナはこれを聞き、かぐや彦にたずねた。

「かぐや彦や、気分はどうですか。なぜそんなに憂鬱そうに月を見たりするのでしょう、こんなに楽しく平和な、暮しよい世だといいますのに」

かぐや彦は笑って答える。

「どうしてか、月を見ると切なくなるんです、この世がはかないものに思えて……。でも、それだけです。なにも憂えたりしていません」

そうはいうものの、またべつの日にかぐや彦を見てみれば、やはりなにか考えこんでいるようであった。オキナは青年に近づいていう。

「最愛のかぐや彦、いったいなにをお思いなのですか。私に話してくれませんか」

かぐや彦はたよりなくほほえむ。

「いいえ、なにも。すこし心細い感じがするだけなんです。気のせいでしょう」

「月をご覧になるのはもうおよしなさい。君は月を見ると、そんなふうになってしまうようだから」

オキナの言葉に、かぐや彦はこわいほど澄んだ目を見はり、首を横にふっていう。

「でも、月を見ないではいられないのです」

そして、月が高くのぼるほどに、かぐや彦は誘われるように庭へと降りてしまうのであった。

ふしぎなことに、月の出ぬ宵は、ふだんと変わりのない彼なのである。しかし月がのぼると、ため息をついてふさぎこんでしまう。

かぐや彦の召使いたちは「やはりなにかお悩みがあるのだろう」と、ささやきあう。しかし、オキナとジジをはじめ、だれにも理由がわからないのだった。

八月の十五日が近づいたころ、月のもとへと歩み出たかぐや彦の目からは、ついに涙があふれた。そして、それからは人目もはばからぬはげしさで泣きだした。

これを見て親たちは血相をうしない、オキナは泣き崩れるかぐや彦の肩を支えていう。

「いったいどうされたのです！」

かぐや彦はしゃくりあげながら、やっと声をしぼりだす。

「前まえから、いおういおうと思いながらも、おふたりはかならずお嘆きになると思って、いうことができずにきました。でも、もう、だまっていることはできません」

「どうしたというの、彦や」

ジジはかぐや彦のかたえに膝をついて、震えながらつづきを待つ。

「——私は、この世界のものでは、ありません、月の都の人間です。前世からの約束によって、この世界に送られてきました。そして、いま、向こうへ帰るときが刻一刻と近づいています。今月十五日に故郷から迎えがやってきたら、私はぜったいに帰らねばなりません。——これをお話ししたらどんなに悲しまれるかと思うと、この春からずっと苦しくて……」

とつぜんの告白に、オキナとジジの心はおおいに乱れ、ジジは青年にすがって泣き出してしまう。オキナはかぶりをふって、

「なんてことをおっしゃるのか、かぐや彦よ！　竹のなかから見つけた君は——もうほんとうに小さな、菜種ほどの身体でございました。それを、私の背丈をゆうに超えるまでお

育て申しあげたのですぞ。こんなだいじなわが子を、いったいだれが迎えにきたからって、手放すものでしょうか。ぜったいに、ぜったいにゆるさない！」

オキナはそう叫び、「いっそ私が死んでしまえばよい」と、号泣する。その悲痛なさまは、かぐや彦にはとてもまともに見られないものであった。

「聞いてください、父うえたち」

かぐや彦は、オキナとジジの肩に手をかけていう。

「ほんの短いあいだのつもりでこの国へきましたが、気づけば長い年月がすぎていました。月の都の両親の顔も忘れてしまっています。――私は、こちらの暮らしがほんとうに楽しくて、いまさら月へ帰ることはうれしくもなんともありません。悲しいだけです。できることならずっとここにいたい。でも、私の思いどおりにはならないでしょう。お別れです、父うえたち……」

かぐや彦がそう告げると、親子三人、よりそって声をあげて泣いた。召使いたちも、長年仕えるかぐや彦との別れは悲しく、心優しい美貌の青年のことがこの先どんなに恋しいだろうと思うと、あまりのさびしさに耐えられず、湯水さえのどをとおらないのであった。

竹取野郎の家がただならぬ雰囲気になっている――。

このことが帝の耳に入り、オキナとジジの家へと使いを送った。帝の使者はオキナに会ったが、オキナははげしく泣くばかり。かぐや彦が取りあげられてしまう――いまやそのひげは真っ白になり、腰は曲がってよろめき、目は泣きはらして真っ赤にただれていた。それまでのオキナは背筋もまっすぐでかくしゃくとしていたのに、心痛のあまりひといきに老けこんでしまったかのようであった。

帝の使者は帝からの言葉を伝えた。

「かぐや彦がたいそう思い悩んでいると聞いたが、まことか」

それを口にしようとすると、オキナの目にはふたたび涙があふれだす。

「よくおたずねくださいました。こんどの十五日に、月の都からかぐや彦を迎えにくるとかいう人たちがきて、あの子をつれ帰ってしまうのです。どうか帝におかれましては、十五日にはご家来衆をお遣わしになって、月からの人たちを捕えていただきたいのです」

使者は帝のもとへともどり、オキナの取り乱したようすと、そのおどろくべき話を伝える。帝は青ざめた顔でつぶやく。

「私など、かぐや彦をひと目見ただけでも忘れられぬというのに。毎日をともにすごしてきた子を取られるとあっては、親の苦悩はどれほどのものであろう……」

ごくふつうの親であり、愛すべき人びとであるオキナとジジのすがたが、帝の目に浮かぶ。あの者たちが、かぐや彦という人ならぬ子どもを愛してしまったために、天地を巻きこんだ悲劇に翻弄されているさまを想うと、帝の胸は痛んだ。

かぐや彦という人ならぬ人を愛したために――。

そのせいでひとかたならぬ切なさを味わうのは、帝自身もおなじであったが。


ついに十五日がきた。

帝は勅使として少将高野大国《たかののおおくに》を指名し、六衛府《ろくえふ》の役人たちなどもあわせて二千名もの兵士をオキナとジジ家の警護にあてた。

勅使は、家の土塀のうえに千人、屋根のうえにも千人――そして、家にもともと人がたくさんいたのを、屋敷内にすきまもないほどに配置して守備にあたらせた。この人びとも兵士のように弓矢を装備し、母屋では召使いたちが交替で護衛をした。寝殿にこしらえた蔵のなかでは、ジジがかぐや彦を抱きしめている。オキナは蔵の入口の戸をしめて鍵をかけ、その前に立った。

オキナは鼻息を荒くしていう。

「これだけ厳重にお守りしておれば、天の人にも負けるまい」

そしてさらに、屋根のうえで待機している兵士たちに向かって声を張る。

「ちょっとでもなにかが空を飛んだら、射殺《いころ》してくださいませ！」

兵士たちは答える。

「こうもりの一羽でも飛べばすぐに射殺して、つまみ出しますよ」

このように聞いて、頼もしく思うオキナであった。

そのやりとりは蔵のなかのかぐや彦の耳にも届いた。

かぐや彦はつぶやく。

「こんなふうに……私をかくまって……合戦の準備をしても、あの月の人たちを敵として戦うことは不可能なんだ……。彼らを弓矢で傷つけることはできない――私をどんなに深くとじこめても、彼らがくれば戸はみんなひらいてしまう――彼らを前にしたら戦う気なんかうせてしまう……そういう人たちなんだ」

オキナは老体を武者震いさせながら歩きまわる。

「お迎えとかいうやつらめ。そんな目玉、この長爪でつかみだしてぶっつぶしてくれるわ。髪ひっつかんでぶち抜いてやる。みんなの前で尻ひんむいて、恥かかせてやる！」

怒りのあまりに品のないことを叫ぶ父親に向かって、かぐや彦は泣き疲れてかすれきった声で訴える。

「どうか、大声でいわないで、父うえ……。屋根のうえの人たちに聞こえたら、父うえがそんな人だと思われてしまう」

かぐや彦は自分を抱きしめるジジの厚い胸にもたれ、つづける。

「おふたりの愛情にお返しもできぬまま、お別れせねばならないことが無念です。私たち――ずっといっしょにはいられない運命だったんですね。それが受け入れられなくて……

もうまもなくいかねばならないことが、まだ信じられなくて……」

「いいえ、みんながかならず君を守ります。ぜったいにいかせませんから！」

ジジの太い腕に痛いほど抱きすくめられながら、かぐや彦はうわごとのようにいう。

「さいきんよく縁側に出ていたのは、あと一年の猶予をくださいと、月に向かってお願いしていたんです。でも、だめだって」

「彦や！」

「父うえたちのお世話を――すこしでもしたかったな――なのに現実は、おふたりをこんなに心配させて、悲しませて、いくしかなくて。うまくいかないものです」

「彦や、もういわないで」

「そう――あの月の都の人って、みんなとても美しくて、年をとらないんですよ。いつでも心が完全に澄みきっていて、思い悩むということもありません。そんなところへ帰ったってなにが楽しいでしょう。私は、この世の人が老いていくことが愛おしいです。おふたりがおとろえてゆくごようすを見届けたかったと、この先ずっと恋しく思うでしょう」

これを聞いて、オキナは気持ちのやり場もなく、声を荒げる。

「なにを……なにを、なにを！　胸の痛むことをいってくださるな、かぐや彦。相手がどれだけりっぱな、年もとらない人たちであろうが、決して負けるものか！」

そうしているうちに、宵をすぎ、深夜零時が近づいたころ――。

藍色の夜空のなかに、ひとつ、ふたつ、白い手のひらのような花と、青い手のひらのような花が見えた。屋根のうえの兵士たちはどよめいていっせいに弓をひき、ひとつふたつの花めがけて無数の矢が放たれた。見るみるうちに空にはふしぎな花の数が増え、あるものはふわふわとただよい、あるものはくるくると回りながら降ってくる。すぐに数えきれないほどとなったその花は、よく見ると、たしかに花のようでもあるが、人間の手首のようでもあり、きのこのようでもあり、くらげのようでもあった。

「なんだこれは。ひとつのこらず射抜いて、はじき出してくださいよ、はやく!」

大量の矢が風を切る、びゅんびゅんというすさまじい音のなか、オキナは屋根の兵士たちを仰いで叫ぶ。

白い矢が、夜空をかくすほど数かぎりなく飛びかうのに、ふしぎな花にはひとつも当たらず、花は自由に、降りたいように降ってくるかのようである。それらは屋根に落ち、庭に落ち、家のなかにも入りこんで落ちた。人びとは気味わるがって、顔を伏せたり隠れたりする者もいた。

かぐや彦には、これが前ぶれであることがわかった。

やがてオキナとジジの家のあたりは、にわかに真昼よりもまぶしく光りわたった。それは満月を十も集めたほどの明るさで、人びとの毛穴さえよく見えるほどであった。

天空から、人びとが、金色に輝く雲のうえに乗って降りてきて、地上から五尺ほどの高さにずらりと立ちならぶ。壮麗な光景を目のあたりにして、家のそとの人も、なかの人も、みないっせいに得体の知れぬおそれにすくみ、戦意喪失してしまった。かろうじて弓矢を射かけようとした者がいたが、手に力が入らずに全身がしびれたようになる。とくに気丈な者がなんとか放った一矢が、むなしくあさっての方角へと吸いこまれていくのを、幾千ものまなこがただ追うばかりであった。

光がしんしんと満ちるおだやかな静寂のなかで、もうだれも天人たちに手向かう気など起こせず、逃げだすにも足が立たず、完全なふぬけになっていた。ある者は口がひらいたまま、ある者は白目をむいて、よりかかりあっているのがせいいっぱい。

雲のうえに立つ人たちは輝く肌と宝石のごとき瞳をもち、感情の見えない顔をしていた。その装束の、布のおもてを光のもようが流れてめぐる美しさといったら、この世のものの比ではなかった。雲のなかには空を飛ぶ車があった。車にはきらきらと虹の輝きをふりまくうすもののかさが差しかけられている。

車から、王のような威厳ある存在が、オキナとジジの家に向かっていう。

「オキナよ、出てまいれ」

名を呼ばれると、あんなにはげしく怒りにたぎっていた心が、どういうわけか酔いしれたようにふにゃふにゃとなり、庭へ出てくるやいなや、うつぶせに転がってしまうオキナであった。

「浅はかな者よ。おまえが積んだわずかばかりの功徳のために、助けとして、かぐや彦をほんの片時遣わせてやったのだ。この歳月、おおくの黄金を得て別人のように富んだようだな」

オキナは起きあがることができず、頭もうろうとするなか、遠い音楽のように月の都の王の言葉を聞いている。

王はつづける。

「かぐや彦は罪をおかしたために、苦しみおおくなにごともままならぬ地上ですごさねばならなかった。いま、その刑が果てたゆえ、迎えにきたのである。おまえは泣きわめくが、これはよろこぶべきことだ。かぐや彦を返してたてまつれ」

オキナは心がこわれてしまったように、奇妙な微笑を浮かべていた。地面にたおれたまま、王にたいしてとも、ひとりごとともつかぬようすでいう。

「――かぐや彦を、この家で、二十年もお育てした。片時というのは、どうもおかしい。どこかよそのかぐや彦と人ちがいをしていらっしゃるのだ。うちの子なら、重い病で、そとに出ることはかなわぬ――」

王はさいごまで聞かず、飛ぶ車を屋根のうえへと寄せる。そして蔵のなかのかぐや彦へと呼びかける。

「かぐや彦。この苦界に、これいじょう長くあるな」

家じゅうの、閉じられていた戸のすべてが、音もなくかなしく開いた。あちこちの格子もひとりでに、貝の口のように開いた。

やがて蔵のなかから、かぐや彦があらわれた。ジジは、青年が幼き日に親と共寝の床から起きだしていったように、いま腕のなかからそっとすりぬけてゆくのを、体が石のごとく固まりとどめることができなかった。

泣き伏しているオキナに、かぐや彦はいう。

「私も、自分の心に背いて旅立つのです。父うえ、どうか、顔をあげてお見送りください」

オキナはいう。

「できません！　このあと、いったいどうやって生きろというのか。私をつれていってください」

かぐや彦の心はかき乱され、弱よわしくいう。

「ではね、父うえ――お手紙を書いていきましょう。私を恋しいと思ってくださるとき、取りだしてご覧になれるように」

かぐや彦は両親に手紙を書いた。

――この国に生まれたいじょうは、おふたりをこんなに嘆かせることのないくらい、長くおそばにいるべきでした。こうしてお別れすることは、かえすがえすも心残りです。脱いでおく衣服を私の代わりだと思ってください。月の出る夜は、きっと見上げてくださいね。ああ、おふたりをお見捨てして旅立ったところで、空から落ちてしまいそうな気がします――


天人たちは箱をもっていた。そのなかには羽衣が入っている。またべつの箱には不死の霊薬が入っている。天人のひとりがいった。

「この壺の薬をお召しあがりください。長いあいだ人間とおなじものを召しあがって、お身体が重たいでしょう」

かぐや彦はさしだされた薬をほんのすこしなめた。

たちまち全身に波紋が響きわたり、かぐや彦は自分の体が、石を投げこまれた冷たい水であるかのような錯覚をした。ぶるぶるっと震え、ぎゅっと瞑目し、ふたたび目を開くと――見なれた視界が色を塗りかえたように鮮やかになっていた。庭石のおもてには生命きらめきがまたたき、木や草がよろこびの歌をうたっているのが聞こえた。そして、目の前にいる澄みきった天人の顔が、ふいに優しく柔らかく、なつかしいものに思われた。薬を口にするまでは、無表情で感情のない人たちに見えていたのに。

ああ、この感じ――知っている……。

かぐや彦は、自分の心と身体に、あともどりのできない変化が始まったのを感じた。変わりきってしまうまえに薬の残りを形見においてゆこうと、脱いだ衣服で壷を包もうとすると、天人はその手をさえぎり、箱から天の羽衣を取りだしてかぐや彦に着せかける。

かぐや彦は「待って!」と、拒んだ。

「この羽衣を着たら、心が完全に変わってしまうんでしょう。人間の心があるうちに、ひとこと伝えておきたい人がいます」

そういって、かぐや彦は手紙を書き始めた。

天人はそれを見とがめていう。

「時間がかかりすぎています。はやくここを発たねば」

「わかってよ、こっちには人情というものがあるんだ」

かぐや彦はしずかにそういい、落ちつきはらったようすで書きつづける。それは帝への手紙であった。

――たくさんのご家来を遣わせてお守りしていただきましたが、迎えはきて、私をつれていくことになりました。とても悲しいです。宮仕えをいたしませんでしたのも、このようなめんどうな身のうえだからなのでした。幾度もお招きいただいたのに強情を通したことで、私はとんでもない無礼者としてあなたの記憶に残ってしまうんでしょうね。それがすこしざんねんではあります――

末尾には歌を一首、書きつけた。

いまはとて天の羽衣きるおりぞ君をあはれと思ひいでける

（いまはこれまでと、羽衣を着るだんになって、あなたのことがとてもなつかしい……）

かぐや彦は手紙に薬の壷をそえ、近衛中将を呼びつけてこれを渡した。中将がしかと受け取るのを見届けると、かぐや彦は天人からおとなしく羽衣を着せかけられる。

羽衣を着ると、かぐや彦の心からは、親たちのことが愛おしい、離れたくないという気持ちが消えうせた。その黒い瞳からは、美しさと輝きはそのままに、なにかが永遠にうしなわれていた。生まれ育った家の庭をまるではじめて目にするもののようにいちどだけ見まわすと、かぐや彦は天人を見あげていう。

「ゆこう」

いまや、かぐや彦の表情は天人たちのものに似て、まばゆいまま動かない黄金のような印象を人びとにあたえた。そして、みずからも空を飛ぶ車に乗りこみ、百人ばかりの天人に守られながら、空高く昇っていった。

かぐや彦が月に帰ったあと、オキナとジジは血の涙を流して心乱れる日々をすごした。愛しい息子の残した手紙を人に読んでもらって聞いていたが、もはやなんのために、だれのために生きたらよいのかと気力をうしない、薬もとらずに病み伏せてしまった。

手紙と霊薬を託された中将は帝のもとへ帰参して、十五日の夜の一部始終を、こと細かに伝えた。

帝は手紙を読むと、ひどく心を動かされ、しばらく放心していた。

遣わせた二千もの兵士が、まるで役に立たずに、しかしだれひとり傷つくことなく帰還した。あとには、いままでとなにひとつ変わらぬ、ただかぐや彦だけがいない世界が残された。地上の人びとと天人たちとの遭遇の場面を想い描き、帝は、信じがたい驚異を、ゆっくりと受け入れてゆく。

生まれてこのかた思いどおりにならないものはなく、欲望はすべて叶えられ満たされてきた。だれもが自分をおそれ機嫌をそこねないようにとふるまう。そのことが、ときに帝をむなしい気持ちにさせた——この世とは、生きるとは、こんなことなのか、ほんとうにこれがすべてなのかと、自分が治める世から逃げだしたい思いにさせた。

帝は深く息を吸い、息を吐いた。

この世の法則や道理を超えた存在がいることは、この世の統治者としてはおそれるべきことだが、天人たちの一員であるかぐや彦と出会い、愛してしまったことで、それを自由であると感じる心になっている。

あの日、かぐや彦との一瞬の出会いで、果てしないものに触れたと感じた。彼からあふれる透明な光を夢中でつかもうとした、燃えるようなひとときだけが、たしかに「生きた」といえる時間であった。かぐや彦が帰っていった世界とは、あの恍惚の時間が永遠につづく場所なのではないか。

それは――そんな人生は――いったいどんな感じがするものか。想像するだけで、あまりにはげしいあこがれのために、くらくらとする帝であった。

――どうか、かぐや彦、君の世界で、もういちど逢いたい。

帝はそれより食事をとらなくなり、歌舞管弦の遊びもやめてしまった。

そしてあるとき、大臣や公卿たちを呼びつけてこうたずねた。

「この国で、どの山がいちばん天に近いだろうか」

ある人が答える。

「駿河の国にあるあの山でしょうな。この都からも近く、天にも近く」

帝はそれを聞いて、

逢ふことも涙に浮かぶ我が身には死なぬ薬も何にかはせむ
（かぐや彦、君にふたたび逢うこともかなわず、涙の大海にうかうかとするばかりの私に

とって、不死の薬などなにになるというんだ)

と詠み、不死の薬の壷にそえた。

帝は、それらを勅使に選んだ月岩量《つきのいわかさ》という者に託し、駿河の国にある山の頂上までいくよう命令した。そして、山頂ですべきことを——かぐや彦へあてた歌と薬の壷とをならべ、火をつけて燃やすようにと——指示した。勅命を受けて、月岩量は兵士たちを多数ひきつれて旅立ち、山に登った。それからその山は「不死の山」——富士の山というのである。

山頂からの煙は、いまだに雲のなかへ立ち昇りつづけていると伝えられる。

伊勢物語

一

やあ。私、在原業平《ありわらのなりひら》。

私が元服したころの話から始めよう。


奈良の都は春日の里にうちの領地があったので、鷹狩りにいった。

その里で、ふと、ある家の生垣からチラ見したら、縁側に美形の兄弟がたたずんでいるのが見えてしまい、私は垣根に顔がくっついたように離れられなくなった。こんなひなびた場所に、こんななまめかしい男たちが?!　心をかき乱された私は、たまらず狩衣のすそを切り、彼らから目を離すまもおしく想いをつづった歌にそえて贈った。

そのときの私は、信夫摺《しのぶず》りの狩衣を着ていたのだけど――


かすが野の若むらさきのすり衣しのぶのみだれかぎり知られず

（春日野で、若わかしい紫草のようなあなたたちを見つけてしまった。私の狩衣も紫草で摺ったものだが、あなたたちを見ていると、この信夫摺りのみだれもようのように、心がはてしなく乱れてゆく……！）

このように書いた。

子どものくせに、われながらませた歌を詠んだものである。男たちのほうでも、自分たちがいつのまにか見初められていて、こんなふうに即興の歌を贈られたことに、わるい気はしなかっただろう。

ちなみにこの歌は、いにしえの、

みちのくの忍ぶもぢずりたれゆゑにみだれそめにし我ならなくに

（奥州信夫郡名産の信夫摺りのみだれもようのように、私の心が乱れだしたのはだれのせいか——ほかでもない、あなたのせいだ）


という、歌をふまえたものだった。

子どものうちから恋おおく、情熱てきな表現をためらわない、私という人間であった。

二

人びとが、奈良の都を離れたものの、まだ新しい都である京には住み整っていなかったころのこと。

西の京に、とある男が住んでいた。人なみすぐれた男で、見目かたちはもちろんのこと、さらに心が美しかった。

恋人が、いないわけではなさそうだった。

私は彼と出愛《あ》い、いろいろと語らって帰る道すがら、彼という人と――彼とすごした時間への想いがあふれてとまらなくなった。

ときは三月のはじめ。春雨がやわらかく降っていた。私は歌を詠んで贈った。

起きもせず寝もせで夜をあかしては春のものとてながめ暮らしつ

（起きているのではなく、寝ているのでもない……このふしぎな時間はなんだろう。君と一夜をすごしてからずっと夢をみているようだ。春の長雨《ながめ》のとりとめなさよ。きょうも君を想って暮らします）

春雨のような彼の名は、二条君といった。

指一本ふれず、とりとめなくおしゃべりをしただけだというのに、彼のほんわか、しっとりとした魅力が忘れられない私であった。

三

彼のところへ、ひじき藻に歌をそえて贈った。

想ひあらばむぐらの宿に寝もしなむひじきものには袖をしつつも

（私を想ってくださっているのなら、雑草の生い茂る宿でもかまわない。君と眠りたい。寝床に引敷《ひじ》きするものは、着物の袖でじゅうぶんだから……）

これは、私の想い人である彼——二条君が、まだ帝にお仕えするまえの、ふつうの身分だったときのことである。

四

都の五条に皇太后の宮がお住まいだったころ。その西の対の屋に二条君が住んでいた。愛してはいけないと想っていたのに、私の胸はだんだんに彼のことが占めるようになった。

彼のもとへ通っていたある日、正月の十日ごろであったか――ふいにそのすがたが見えなくなってしまった。ゆき先はすぐにわかったが、そこは、いまの私には近づくこともかなわぬところ――宮中であった。それからはもう、私は気が抜けたようになってすごした。

翌年の正月、また梅の花が盛りとなった。

去年のことが想い出されてならず、私は二条君の住んでいた西の対の屋をたずねた。がらんどうになった部屋で、立ったり座ったりして、記憶にある眺めをさがしたけれど、愛しい彼がいたときの面影はついにあらわれなかった。

私は涙をこぼしながら、冷えびえとした板の間に横たわり、月が西へとかたむくまでそうしていた。そして、ふたりの日々を想って詠じた。

月やあらぬ春や昔の春ならぬわが身ひとつはもとの身にして
（月はむかしとおなじか？　春もむかしのままなのか？　なにもかも変わってしまった。変わらないのは私ひとりだけ！）

うっすらと夜があけてきて、私は声をあげて泣きながら帰った。

五

都の五条あたりに住む二条君のもとへ、ひっそりと通っていたときのこと。

いちおう密会であるから、正面からではなく、近所の子どもらの通り道である土塀のくずれた箇所から出入りしていた。それもなんだか、子どものころにした冒険の延長のようで、いっそう胸がときめくのだった。

彼の家があるのは人通りのおおい場所ではなかった。しかし、逢瀬を重ねるうちに屋敷のあるじの知るところとなり、私の通い路には夜ごと番人をおくようになってしまった。

わくわくと出かけていっても彼に会えずに帰ることがつづき、私はこのように詠んだ。

人しれぬわが通ひ路の関守はよひよひごとにうちの寝ななむ
（私たちの秘密の通い路の番人め、ばんばん毎晩居眠りしてくれたらよいのにな）

彼のほうでも、私に会えぬことがつらくてふさぎこんでいたらしい。あるじもかわいそうに想ってか、会うのをゆるしてくれるようになった。

これは、私が想い人――二条君に通ったことが世の人のうわさするところとなり、彼の兄たちが私を警戒して見張らせたのであった。

六

かんたんにはいかない仲ではあったが、二条君に、長年求婚しつづけていた。

もうたえきれず、私は彼をさらって夜の闇のなかへと飛びだした。

彼は私におとなしく背負われていたが、芥川という川にさしかかったとき、草のうえにきらめく夜露を見て、子どものように無邪気にたずねた。

「あれはなんだろう」

私は先をいそぐあまりに、それには答えてあげられなかった。まだ道は長く、すでに夜もふけていたのである。

そのうち、かみなりをともなうはげしい雨に見舞われ、私は通りすがりの荒れた蔵に——まさかそこに鬼がいるとは夢にも想わず——たいせつな彼を隠し、その戸口に弓と矢筒を装備して立った。

夜よ、はやくあけてくれ！

全身を雨にうたれながら、私がひたすらに心のうちでそう念じているまにも、なんと、蔵のなかでは、鬼が彼を食ってしまっていたのであった。彼は、恐怖のさけびをあげたかもしれない。しかしとどろく雷鳴のもとではなにも聞こえなかった。

夜があけて、蔵の戸をひらくと、はたして彼のすがたはなかった。私はおのれのうかつさがゆるせず、くやしく、じだんだを踏んで嘆いた。しかしもう、すべてはあとのまつり。

白玉かなにぞと人の問ひしときつゆとこたへて消えなましものを

（あれはなんだろう、白玉かなあと君がたずねたとき、露だよ、と答えて、ふたりいっしょに露と消えてしまえばよかった）

これは、私の想い人——二条君が若く、ふつうの身分であったころのこと。私は彼とおたがいの気持ちを確かめあって誘拐行為におよんだというのに、二条君の兄たちに気づかれて彼をつれもどされてしまった。そのうらめしい兄たちのことを「鬼」にたとえて、こんな話を仕立て、自分をなぐさめた私である。

七

いとしの二条君を彼の鬼兄たちにうばわれたのち、私は、もう都にはいたくない気分になり、東国への旅を夢想するようになった。

伊勢&尾張の国境の海岸を歩く私……しゅわしゅわと無限にあわだつ波……。そんな想像をしていると、歌ができた。

いとどしく過ぎゆくかたの恋しきにうらやましくもかへる波かな

（過去はにどとかえらぬ。なのに、うらやましいことに、この波というものは何度でもうちよせてはかえってゆく。ああ、波になりたい）

八

都に住んでいられなくなった私は、東国に居場所をもとめ、ノリだけはよい友甲、友乙とつれだって出かけた。信濃の国では、浅間岳に煙がのぼっているのを見ているうちに歌ができた。

信濃なる浅間の嶽にたつ煙をちこちびとの見やはとがめぬ

（信濃の浅間岳にたつ煙は、あちらこちらの人からよく見える。おれたちもそんなふうに目立っちゃって、不審者だと見とがめられないかな？）

九

いきおいだけで東国へ旅立ったはいいが、私も友甲も友乙も、なんと、だれも道を知らないのであった。とうぜん迷子になった。

私「えっ、ふたりとも道わかんないの？」

甲「てっきり、いいだしっぺの業《なり》くんが知ってると想って」

乙「おれたちって、あほだよなあ」

やがて三河の国の八つ橋というところにたどりついた。そこを八つ橋というのは、くもの足のように八本の橋を川に渡していることによる。

沢のほとりの木陰で休み、私たちは乾飯をぱりぱり食んだ。つやつやと濡れたように青いかきつばたが咲いていた。それを見て友甲がいいことを想いつく。

「ねえねえ、かきつばた、って五つの字をそれぞれの句のあたまにおいて、旅の歌を詠んでみてよ」
私はこれを受けて、詠んだ。

から衣きつつなれにしつましあればはるばるきぬるたびをしぞ想ふ

（着なれて肌になじんだ唐衣のように、長くともにすごした嬬《つま》を都にのこしてきた。そこからはるばる遠く離れてしまった、この旅であることよ）

この歌に、友甲、友乙と私、三人してうっかり悲しくなってしまい、涙をこぼしたひざのうえの乾飯がふやけた。

＊

珍道中はつづき、駿河の国にたどりついた。
宇津の山では道が暗くて細く、つたも旺盛にしげって、ひどく足もとがわるかった。この先はかなり苦労しそうだと心細く想っていると、向こうからたくましい山伏が、すべてをものともせずにもりもりもりもり草を踏みわけてきた。

道をゆずると、すれちがいざま、
「おわっ、こんなところに色男」
と、野太い声でいうので、よく見れば、まえに都で顔見知りだった人ではないか。
私は、忘れられない彼――二条君への手紙を書き、都へもどるという山伏に届けてくれるよう託した。

駿河なる宇津の山辺のうつつにも夢にも人にあはぬなりけり

（私はいま、駿河は宇津の山辺にきています。こんなにさびしい山道では現実《うつつ》に人と会わないし、夢でも、恋しい君は愛にきてはくれない）

あっ、山伏に会ったのに「人に会わない」と書いてしまった、と、封をしてから気づいたが、まあ、山伏ははんぶん天狗のような、超人だからな……と、そのまま渡した。気をとりなおして富士の山を見やれば、頂上あたりは雪で真っ白。地上は夏の盛りというのに。

時しらぬ山は富士の嶺《ね》いつとてか鹿の子まだらに雪の降るらむ

（季節を知らない山とは富士のことだよ。いつまでまだらに雪をのこしているのやら）

その山は、都の山でたとえるなら比叡山を二十もつみ重ねたほどの高さで、かたちは塩を円錐に盛ったように冴えざえと美しいのであった。

＊

失恋傷心無計画旅行はさらにつづき、武蔵の国と下総の国の境にあるとても大きな川に出た。それは隅田川といった。

川のほとりに友甲、友乙と私はたたずみ、
私「よくもまあ、こんなに遠くまできたものだ」

甲「ぶじだったのが奇跡だよ」

乙「なーんも考えてなかったもんねえ、おれたち」

と、いいあい、ねぎらいあい、もの想いにふけっていると、渡し守がせかした。

「はやく舟に乗りねえ。日が暮れッちま」

私たちは渡し舟に乗りこんだが、友ふたりは――土地勘のないこの東国にあって、なんともいえず心細そうな表情をしていた。私のほうは、もしもいま、いっしょにこの旅をしているのがこやつらではなく二条君だったなら♥……などと、自分で彼らを誘っておいて身がってな妄想をしていた。

そのとき、鴫《しぎ》ほどの大きさで、体は白く、足ばかりが赤い鳥が、水のうえにぷかぷか浮かんで魚を食べているのが見えた。都では見たことのない鳥で、友たちも知らない。

渡し守にたずねると、

「都鳥《みやこどり》でさあ」

と、ぶっきらぼうに答えた。

「都鳥……」

その名を聞いた瞬間、私の胸にはさざ波のように、えもいわれぬせつなさが広がってゆく。

名にし負はばいざこととはむ都鳥わが想ふ人はありやなしやと
(おまえ、都鳥っていうのか！　じゃあ京の都を知っているだろう？　都鳥よ、教えてくれ、私のあの人はいまも元気でいるのかどうか……)

私がそう詠ずると、たちまちに泣きだしてしまう舟のなかの多感な人たち(全員)なのだった。

一〇

武蔵の国までさまよい歩いてきた私は、この国で見初めた、とある男を口説いていた。彼の父甲は、息子をほかの男に嫁《とつ》がせるつもりでいたが、父乙のほうでは、相手は身分の高い人でなければと考えていた。というのは、父甲はふつうの素性の人だったが、父乙は藤原氏の血を引く人だったからである。

この父乙に――いちおうは都落ちの貴公子ということになろうか――私は、気に入られたようで、ぜひ聟《むこ》にということになった。

花聟候補者となった私のもとへ、父乙からの手紙が届いた。彼ら一家は入間郡は三芳野《みよしの》の里というところに住んでいたのだが、

みよし野のたのむの雁もひたぶるに君が方にぞよると鳴くなる

（三芳野の田面《たのも》にいる雁が、引板《ひた》が鳴るといっせいに鳴きます。息子もあなたをひたすらに慕って泣いておりますよ〜。どうか、うちの子をごひいきに！）

私も歌をかえした。

わが方によると鳴くなるみよし野のたのむの雁をいつか忘れむ

（私に心をよせて泣き、結ばれたいと頼むばかりのいじらしさを、いつか忘れるものでしょうか。ずっと愛しく想うでしょう！）

私は、都を遠く離れた他国にあっても――いや、恋しい二条君と離れてからというもの、いっそうはげしく――新たな恋を求めることが、やまなかった。

一一

私はひとり東国の旅をつづけ、その空のしたから、都に帰った友甲と友乙に手紙を書いた。

忘るなよほどはくもゐになりぬとも空ゆく月のめぐり逢ふまで

（いまおれたちは空の雲ほど離れてしまっているが、月がふたたび出るように再会できるそのときまで、忘れずにいてくれよな）

一二

可愛い少年をさらって恋の盗人となった私は、彼とたわむれながら武蔵の国をころがるように逃避行しているうちに、国守に追われる身となった。
私は少年を草むらにかくし、離れたところへ逃げた。
追手のひとりが無慈悲にも「この草むらにいるはずだ！」といい、草に火を放とうとした。私の可愛い恋人はたまらず声をあげ、訴えた。

武蔵野はけふはな焼きそ若草のつまもこもれりわれもこもれり

（お願い、きょうはこの武蔵野の草に火をつけないで。この若草のなかに、愛する彼も僕もかくれているんだ！）

この声を聞いて、追手の者は草むらのなかに踏みこんできた。けっきょく私も見つかって、ふたりいっしょにとらえられたのだった♥

一三

武蔵野放浪はつづいた。

私は都の、最愛の彼——二条君のもとへ、手紙を書かずにおれず、

——私のうわさが君に伝わっているかと想うと恥ずかしいけど、なんにも知られていないと想っても苦しいのです——

と、書き送ってしまった。手紙の表書きには「武蔵鐙《むさしあぶみ》」とだけ書いた。

やがて二条君から返事がきた。


武蔵鐙さすがにかけて頼むにはとはぬもつらしとふもうるさし

(武蔵鐙……それって、いまは武蔵でだれかさんと楽しんでいるということかな。あなただけを頼りに生きている僕としては、そこを問い詰めずにいるのはつらいけど、聞いたところでどうすることもできない)

これを読んで、私はもう、たえがたい気持ちにおそわれる。鐙というのは馬の背中の両側にまたがらせるものなので、「ふた股してる」と、二条君は深読みをしたのだ。ちがうんだ二条君！　私には君だけなんだ――。

じっさいには、ふた股どころではないのだが、でも、だって、それもこれも二条君、きみがいないから――！

このやりきれなさを歌にする、私であった。


とへばいふとはねばうらむ武蔵鐙かかるをりにや人は死ぬらむ

（手紙を書けば君は深読みするし、書かないでいるとすねるんでしょう。手紙なんかじゃなくて、直接会って抱きあえばすぐにわかることなのに！　こういうときに、人はせつなさで恋死にをするものらしい）

一四

ふらふらと陸奥の国に入った。

このあたりの男には都からきた私がめずらしく見えるようで、粗野な感じの青年に惚れられてしまった。やがて、その彼から歌を贈られることに。

なかなかに恋に死なずは桑子《くはこ》にぞなるべかりける玉の緒ばかり

（恋の苦しさじゃあ人間なかなか死ねねえな。おれ、蚕になりてえよ。蚕のつがいってすごく仲よしなんだ、寿命は短いけどさ）

いなかの人というのは、贈る歌までもあかぬけないものなのだな。しかし野趣というのか、動物のような素朴さには血をたぎらせるものがあり、私はその夜、彼の腕のなかでその野性に身をまかせてみた。

まだ夜があけないうちに私が帰ろうとしたので、彼はそとに向かってこんなことをさけんだ。

夜もあけばきつにはめなでくたかけのまだきに鳴きてせなをやりつる

（朝ンなったら水に沈めて殺してやッかんなこの腐れ鶏《どり》が、まだ暗えのに貴様がぎゃあぎゃあ鳴くから色男が帰っちまッたじゃねえか！）

え……。

「都に帰るから」といってそうそうに立ち去り、私は彼に歌を贈った。

栗原のあねはの松の人ならば都のつとにいざといはましを

（栗原の姉歯名物の松が、もしも人間であったなら、都へみやげ代わりにつれていくこともできようが。松は松、それはかなわないことなのだ……というか、君がもうすこし、人として、あの……いやこれはいうまい）

こんな歌なのだが、彼はとてもよろこんで「あの人、おれを想ってる♥」と、はしゃいでいたという。

一五

陸奥の国では、美しい男のもとにも通った。

その人は平凡な者の嬬であったが、奥ゆかしく、なにか由緒がありそうだった。表情や言葉に深みがあり、話せば話すほどこの人をもっと知りたいと想わせる。すくなくともこんな境遇にいるべきではないように、私には想えた。

私は歌を贈った。

しのぶ山忍びて通ふみちもがな人の心のおくも見るべく
（陸奥《みちのく》の信夫山よ。私たちにも忍んで会える道があればよいのに。そうして、ふしぎなあなたの心の奥底を見てみたい）

彼はこの歌を、かぎりなくよろこんでくれたはずだ。けれど、自分のことをいなか者だと恥ずかしがっており——そのためだろうか、返事はくれなかった。

一六

私の眩達《まぶだち》の、有《あり》くんこと紀有常《きのありつね》という人の話をしよう。

彼は三代の天皇に仕えて豊かなころもあったが、時代は移り、晩年は不遇で暮らしぶりもふつう以下になってしまった。

純粋《ぴゅあ》な性格で、上質なものを愛し、俗人とはかけはなれていた。落ちぶれても心は裕福だったときのままで、世事にうとく生活力は零《ぜろ》であった。

そのせいだろうか、長年つれそった嬬もいつしか愛情がうすれ、ついに出家を決意した。さきに僧になっていた兄のところへ身をよせるという。この嬬と有くんは、もともとそんなにらぶらぶな仲だったわけではないが、長いあいだ同居した情はある。門出になにかもたせてやりたいと想うものの、まずしいのでそれもままならない。
有くんは悩んだすえ、私に相談する手紙を書いた。
——こういうわけで鷹が出ていくことになったんだが、心ばかりのこともしてやれずにいかせるのは、なんともつらかったなあ——
そしてその手紙のすみに、歌を書きつけた。

手を折りてあひ見しことをかぞふれば十といひつつ四つは経にけり
（ふたりで暮らした年月を、指を折って数えてみると……ああ、十が四回。もう四十年もたっていたよ）

私はこれを読んで、さびしそうに笑っている有くんの顔が目に浮かび、いてもたってもいられなかった。すぐに衣類や寝具を送り届け、品物には手紙をそえた。

年だにも十とて四つは経にけるをいくたび君をたのみきぬらむ
（十が四回かあ。そのあいだに奥さんは君のこと、どれほどたくさん頼りに想っていたか

しれないよ）

有くんもかえす。

これやこのあまの羽衣うべしこそ君がみけしとたてまつりけれ

（これはまさに天の羽衣というものだ！　ほかでもない業《なり》くんが着ていたものなら。これをうちの孺にいただいて、なんとお礼をいったらいいか）

あふれる感謝のままに、もう一首書きつける有くんであった。

秋やくるつゆやまがふと想ふまであるは涙の降るにぞありける

（おや、袖にこんなに露がこぼれている。秋だからなのか？　そう想うくらいに、うれし泣きをしているおれだよ。ほんとうにありがとう！）

一七

長年ぶさたをしていたが、桜の盛りにふと想い出される家があり、ことしはふらりと花見に立ちよってみた。桜咲く家に住む男は、部屋のなかから私を見かけてこんな歌をよこした。

あだなりと名にこそたてれ桜花年にまれなる人も待ちけり

（桜の花はうつろいやすいっていわれる。オレの心もね。でも、心変わりせずに貴方を待ってたぜ）

ほほえましい気分になったが、私はこうかえした。

けふこずはあすは雪とぞ降りなまし消えずはありとも花と見ましや

（きょう、たまたま咲いてたようなものだろう？　あすにはきっと雪のごとく散ってしまう桜さ。雪じゃないから散ってもすぐには消えずにいるけど、それはもう、桜とはいわない）

一八

あるところにちょっと生意気な男がいて、その近所に住んでいる、色好みだとうわさの男——私のことである！——を、ほんとうかどうか試してやろうと想ったらしい。盛りをわずかにすぎた菊の花を手折って、自信作と想われる歌にそえて、うちに送りつけてきた。こんな歌である。

紅ににほふはいづら白雪の枝もとををに降るかとも見ゆ

（菊は熟れてくると紅く見えるなんていいますネ。でもこの白菊はどうでしょ？　枝に白い雪がたっぷり積もったみたいに、純白じゃありませン？　あなたの心も雪みたいに冷たいのかナ。色好みだって評判なのに、そんなそぶりまったく見せないから……❤）

さて私は、生意気男の欲求不満げな挑発に気づかぬふりをして、さらりとかえしてやった。

紅ににほふがうへの白菊は折りける人の袖かとも見ゆ

（んー、熟れた赤みが雪におおわれた白菊ですかー、いやはや。それはわかりませんが、この菊を手折ったあなたの袖の白さが目に浮かびましたよ。お手紙ありがとー！）

一九

私がまだ、都落ちしたもと貴公子などではなく、宮中にいちおう在籍していたころの話である。

おなじく宮仕えしている男御《なんご》の家の、男房《なんぼう》をつとめる男と職場恋愛していたが、別れてしまった。

とはいえ職場はおなじだから、つい顔をあわせることになる。そんなとき私のほうでは、彼のことは目に入らないというそぶりをした。

微妙な空気のつづいたある日、彼が歌をよこした。

天雲のよそにも人のなりゆくかさすがに目には見ゆるものから

（このまま雲のようによそよそしく、遠い存在になっていくのかな。あなたはボクのこと、視界に入ってるくせに無視するなんて）

私はこうかえした。

天雲のよそにのみしてふることはわがゐる山の風はやみなり
（雲のように遠ざかるしかないじゃないか、身をよせるべき山は、風がすごくて嵐のようなんだから）

冷たいようだが、このように詠んだのは、彼は多情でほかに男が何人もいるとうわさの渦中にあったからだ。それなのにこんな、まだ気のあるような歌をよこしてくる。くわばらくわばら（人のこといえない）！

二〇

私がまだ宮中に仕えていたころの話。

大和の国に住む男と相愛になり、その家に通っていた。私は仕事があるので長く滞在できず、都へ帰るのだが、その道すがら見つけたかえでの若い芽が、赤く染まってきれいだった。

私はそれを手折って歌をそえ、男に贈った。

君がためた折れる枝は春ながらかくこそ秋のもみぢしにけれ
（君のために手折ったこの枝は、私のあふれる想いにそまって、春なのに秋のように赤いよ★）

男からの返事は、私が都についてから届いた。このようなものだった。

いつのまにうつろふ色のつきぬらむ君が里には春なかるらし
（もうはや心変わりの色がついて、うつろってしまったとは……あなたの里には春なんかない。飽き――秋だけなんだ）

なんでもわるいほう《ねがてぃぶ》に考えられたんじゃあ、たまらない。

二一

私と超真剣交際中の男がいた。
いつもいつでもおたがいのことだけを見つめて、想って、可愛がって。こわいくらいにゆとりのない、あまりに研ぎ澄まされた十割の恋であった。

ある日——おそらくは、ほんのわずかな心のゆきちがいが——完璧主義な彼にはゆるせず、私に失望したらしい。そして家を出ていくと決め、部屋にこう書きのこした。

出でて去なば心軽しといひやせむ世のありさまを人は知らねば

（おれが出ていったら、世間の人には軽い男っていわれるんだろうな。おれたちのあいだになにがあったか、だれも真実を知らないくせに！）

なにが彼をそんなに追いつめたのか、私には心当たりがなかった。ただ悲しくて、とにかくさがしにゆかねばとそとに出て、どっちへいけばよいのかとほうにくれてしまった。もしかしたら、この鈍感さこそが彼を傷つけていたのかもしれないが、それならばどうしようもない。

私は家に入り、このように詠じた。

想ふかひなき世なりけり年月をあだにちぎりてわれや住まひし

（なんてことだ、こんなに愛しているのに——。想うかいのない関係だったなんて、想いたくない。この歳月、私がいいかげんな気持ちでそばにいたというのか、君は！）

はげしい恋心とやりきれなさを歌にぶつけ、私はしばし放心していた。ふと、古い歌が口をついた。

人はいさ想ひやすらむ玉かづら面影にのみいとど見えつつ

（君よ……まだ私のことを想ってくれているってことなのかな、君のおもかげがちらちらと、目の前をよぎるのは……）

彼はしばらくなにもいってこなかったが、ある日、返事をしてもいいと想ってくれたのか、ついにむこうから歌をくれた。

いまはとて忘るる草のたねをだに人の心にまかせずもがな

（ごめんなさい、こんな別れかたして。ほんとはあなたの胸に、忘れ草の種なんかまきたくないんだ！　おれを忘れちゃやだ！）

私は生きかえったように飛び起きて、この歌を何度もなんども読んだ。そして返事をした。

忘れ草植うとだに聞くものならば想ひけりとは知りもしなまし

（私が忘れ草を植えて、君を忘れようとしていると聞いたのかな。そう、わかるでしょう？どれだけ君を想っているか。このままではつらすぎるんだよ）

この手紙のあと、彼は家にもどり、私の胸にとびこんできた。なにかいうのももどかしく仲なおりの枕を交わし、ふたりの愛はそれははげしく燃えあがった――かのように想われた。

自分の心が以前とは変わってしまっている、と、私は気づいた。いや、体もか。

彼と抱きあっても、いままでのように心身がひとつに溶けあうような無防備な感覚はいつまでも訪れず、さいごまで隔たりがのこったままに感じられた。

私はこの違和感を、正直に伝えた。

わするらむと想ふ心のうたがひにありしよりけにものぞかなしき

（また忘れられるんじゃないかと、君をうたがうことを覚えてしまったせいだろうか。あのころのようには君を想いきり愛せなくなっている自分が悲しいよ）

するとでも彼もいうのだった。

なかぞらに立ちゐる雲のあともなく身のはかなくもなりにけるかな

(おれもそうなんです。あれから、空のなかほどをはかなくただよう雲になったみたいで。疲れたのかな――極まりすぎた恋も、関係をうたがうことも)

よりがもどったように見えた私たちだが、やがて、それぞれに新しい、もっと気楽な恋人ができて別れてしまった。

二二

つきあっていた子が、あるときふいにつれない態度をとって、それきり疎遠になっていた。しかし私を忘れられないのか、ある日むこうから折れてきた。

憂きながら人をばえしも忘れねばかつうらみつつなほぞ恋しき

(あなたなんか、あなたなんかって想うのに、優しくされたのが忘れられなくて。にくらしいけど、やっぱり恋しくて……)

その歌を読んで、ほーらほーら、と、にやけがとまらない私であった。しかしここはひとつ、恋人を試すようなまねをしたわるい子におしおきをせねばなるまい。見よこれが年の功というものだ！　とばかりに詠ずる。

あひ見ては心ひとつをかはしまの水の流れて絶えじとぞ想ふ

（ん〜、かりにもいちどは結ばれた、私たちだし？　川の水が島にわかれても、ゆくすえでまたひとつになるように、まあ、ふたりの仲も、長い目で見ればまたいつか……）

だなんて、余裕ぶった歌を贈っておきながら、私のほうがそわそわと彼に愛たくなってしまい、その夜てってっと彼のもとへいって愛してしまった。

そして共寝の床で、こんなに話のあう子だったかとあらためて感動しながら――いままでのことやこれからのことなどを愛いっぱい、夢いっぱいに語らった。

秋の夜の千夜を一夜になずらへて八千夜し寝ばやあくときのあらむ

（ねえきみ、この長い秋の夜を千もたばねて、それを一夜とするとしてさ。その長い長い一夜を八千回もくりかえすあいだ、ずっとこんなふうにおしゃべりしてたら、気がすむものかねえ、私たちも）

秋の夜の千夜を一夜になせりともことば残りてとりや鳴きなむ
（はい。この長い秋の夜を千もたばねて、それを一夜とするとしても、ぼくはきっとまだまだおしゃべりしたりないのに、夜あけの鶏が鳴いてしまうでしょう！）

この夜いらい、私は彼のことがいっそう可愛く想われ、夢中で通うようになった。

二三

こんな話がある。

とある、いなか役人の家がとなりどうしにあって、両家の子どもふたりが、いつも井戸のそばで遊ぶ幼なじみであった。

年端のゆかぬころにはふたりして、そこいらを犬ころのようにころげまわって無心に遊んでいたが、成長するにつれておたがいを恋人として意識するようになった。少年甲麿《こうまろ》は、ぜったいあいつを嬬にと想っていたし、少年乙之助《おつのすけ》のほうだって自分には甲麿しかいないと心を決めていたから、親のすすめてくる縁談には見向きもしなかった。

ある日、甲麿は勇気をだして、乙之助にこんな歌を贈った。

筒井つの井筒にかけしまろがたけ過ぎにけらしな弟《いも》みざるまに

（むかしはよく井戸のまわりでおまえと遊んだよな、井筒の高さと背比べなんかもして。オレの背はもう井筒を超えたぜ！　しばらく会わないうちに）

乙之助のときめきといったらなかった。さっそくかえす歌を詠み、

くらべこし振りわけ髪も肩すぎぬ君ならずしてたれかあぐべき

（そうそう。幼いときには、振りわけ髪の長さをくらべあったりしたよね。ぼくの髪は肩を超えたよ……この髪を結いあげるときは、だれかの嬬になるってこと。君じゃないならだれのために？）

こんなふうに、歌でじゃれあっているうちに、ふたりは想いをとげて結ばれたのだった。

月日は流れ、やがて乙之助の親がなくなり、生活がままならなくなってきた。このままともだおれになってはかなわんと考えた甲麿は、仕事で通ったことのある河内の国は高安の郡にご当地嬬をつくった。

しかし乙之助は、甲麿の浮気を知ってか知らずか、出かけてゆく夫の身なりを整えてやり、にこやかに見送りつづける。

甲麿は浮気者のあたまで、

「乙之助……ひょっとして新しい男ができたんじゃないか」

と、邪推した。

そしてある日、いつものように仕事に出かけるふりをして庭の前栽にかくれ、家のなかのようすをうかがった。

甲麿を送りだした乙之助は、ひっそりとした部屋のなかで落ちついたようすで座っていたが、ふいに鏡に向かって化粧を始めた。

「ほら、アイツきゅうに化粧なんかして！　やっぱ男をつれこむ気だ！」

くちびるを噛みながら監視をつづける甲麿。しかし、乙之助は化粧をすませて髪をきれいに整えたあとも、だれかを待っているふうではなく、悲しげな顔つきでおもてを眺めているばかりなのだった。

そしてふっと、こんな歌を口ずさんだ。

かぜ吹けばおきつしら波たつた山よはにや君がひとりこゆらむ
（風が吹けばたちまちに白波が立つ、、――そんなふうにたとえられる、荒あらしい龍田山。

あの人、夜中にたったひとりでそこを越えてゆくんだ。ぼくもついていきたい。足手まといになるだけだから、がまんしてるけど。どうかぶじでいて……！）

なんてことだろう。鬟の秘められた想いに、あたまを殴られた気がした甲麿であった。自分は浮気をするばかりか、こんな純真な乙之助をうたがったりして――！　馬鹿馬鹿馬鹿馬鹿、オレの馬鹿！　もう、彼をうらぎるまねはするまい！

このように想い、それからは、高安の郡へはいかなくなってしまった。

たまさか河内の国に出かけたおりにご当地鬟の青年丙之丞《へいのじょう》の家をたずねてみると、はじめのうちこそういういしいようすを見せていた彼も、いまではなれきって、甲麿に平気でだらしないすがたを見せるようになっていた。垂れた髪はてきとうに巻き、すねをぶぁりぶぉり搔き、豪快にげっぷをする。きわめつけは、召使いがよそってくれるのも待てずに、手酌酒ならぬ手杓飯で――ぺいぺいと飯を盛ってはぱくつくというありさま。

「この男なんなんだよ……」

甲麿は恋が冷めていくのを感じ、内心、ここにはもう、にどとこないと想った。

しかし、丙之丞のほうではきらわれた自覚がない。

甲麿にいいところばかり見せようとする時期をすぎ、彼の前でのびのびと自然体《りらっくす》した自分でいられるようになった。甲麿ももうかっこつけなくていいよ、うちでくつろいでいってほしい、というくらいに想っているのだった。
なので、甲麿から音沙汰がなくなったことが理解できず、彼の住む大和の国のほうをせつなく見やっては、こんな古い歌を詠じたりする。

君があたり見つつを居らむ生駒山雲なかくしそ雨はふるとも
（いとしのキミの住む方角を見てる。おーい雲ォ、生駒山をかくすなァ〜ッ！　雨は降ってもいいけどねん）

歌を贈って待って——待って、待って、待っていると、やっと大和の甲麿から「いくよ」といってよこしてきた。丙之丞はよろこんで待っていたが、約束はすっぽかされ、待ちぼうけをくわされることがたび重なった。
丙之丞は、なにがいけなかったのかなあ、なにかわるいことしたかなあ、と、しぼんでいく気持ちをふるいたたせ、甲麿に歌を贈った。

君こむといひし夜ごとにすぎぬれば頼まぬものの恋ひつつぞふる
（来る来るくるくるキミ独楽みたいに超高速回転してるけどさ、ぜーんぜんこなくて、むなしい夜ばっかすぎてく。これってすっごい寂しいんよ、わかる？　もう期待するの疲れ

た……でも、やっぱまだ、キミを想っちゃう日々）

このようにいわれても、それきり高安の郡にはいかない甲麿なのだった。

二四

さらにこんな話もある。

片田舎に住んでいる男甲丸《こうまる》がいた。宮仕えをすることになって、同居していた恋人乙吉《おつきち》との別れをおしんで出かけていったが、三年ものあいだなんのたよりもよこさなかった。

すっかり待ちくたびれてしまった乙吉のもとへ、結婚を前提に真剣交際を申しこむ男があらわれた。熱心にくどかれているうちに、この人にならお身をまかせてもいいかなと乙吉の心はぐらついた。三年間ほんとうに心細かったのである。

ある日ついに、熱心男からの求愛に折れ、乙吉はこう返事をした。

「わかったよ。こんな俺を想いつづけてくれてどうも。こんやまたきてください」

そう約束をしたまさにその夜、甲丸が帰ってくることになるとは――。

「おおい、戸をあけてくれ。帰ったぞ」

なつかしいその声！　しかしいまの乙吉には、戸をあけることはできなかった。歌だけをそっとさしだした。

あらたまの年の三年《とせ》を待ちわびてただこよひこそ新《にひ》まくらすれ

（三年間あなたを待ってた……でもあなたは、なんにもいってきてくれなかった。もう俺、待つの限界でした。こんや新しい夫を迎えて再婚することになってます）

甲丸も、心のどこかで覚悟はしていた。いそがしさにかまけて家のことをあとまわしにしつづけたのだから。それならば、と、歌をかえした。

梓弓真弓槻弓年をへてわがせしがごとうるはしみせよ

（弓もいろいろ、男もいろいろ。私が長年、君を愛していたように、君も新しく夫となるその人を愛しておやり）

帰ろうとする甲丸の背中に、乙吉はさけぶ。

梓弓引けど引かねどむかしより心は君によりにしものを

（ばか、ばかッ、なんでそんなにものわかりがいい？　やきもち焼けよ、怒れよ！　ほかの男が気を引こうが引くまいが、俺むかしからあなたひとすじだったじゃん！　知ってるだろ?!）

甲丸はふりむくことなく去ってゆく。乙吉は悲しみのあまり正気をうしない、夫のあとを泣きながら追ったが、ついに追いつけなかった。清水の湧く小さな川のほとりに倒れこみ、岩のうえに、指を噛んで流れでた血でこう書きつけた。

あひ想はで離《か》れぬる人をとどめかねわが身はいまぞ消えはてぬめる

（ずっと想ってたのに、まるでわかってもらえなかった。ひどい。なにもかも信じられない。あなたを引きとめることもできなくて、いまなら、この気持ちだけで死んでしまえる……）

そのまま、乙吉ははかなく息絶えたのだった。

二五

想いどおりにならない青年に、悩ましい片想いをしていたときのこと。

彼は、会ってくれるのかと想いきや、会わない。そのくせ「会えない」とはっきりいってもくれない。約束にしばられるのがきらいな、猫のような男で、

「何日の夜に愛にいくよ」

と、私がいっても、

「そのときになってみないと愛たいかどうかわからない。あなたが僕に愛たいと想ったとき、僕もあなたに愛たいと想ったら――どこかでぴったり会えちゃうかも」

などと答える、なんとも想わせぶりな態度なのである。

ある日、彼に歌を贈った。

秋の野にささわけし朝の袖よりもあはでぬる夜ぞひぢまさりける
(秋の朝、露でいっぱいの笹原をかきわけ歩いたときの袖よりも、はげしく濡れそぼっている私の着物だよ。それは君に会えなくて泣きながら寝ているから)

気まぐれ猫野郎は、彼らしくてにくらしい歌をかえしてよこした。

見るめなきわが身をうらと知らねばやかれなで海人《あま》の足たゆくくる
(ごめんね、ここは海松布《みるめ》の生えない浦なんだ。いくら通ってきてくれても骨折り損か

も―）

二六

二条君との仲を、彼のわからずやの鬼兄たちにひきさかれ、ついにものにできなかった私。

ひどく落ちこんでいると聞いたのだろう、眩達の紀《きの》の有くんが見舞いの手紙をくれた。毎日みじめでさびしく、味方なんかひとりもいないと想っていたのに。有くんにずいぶんなぐさめられた私。こう返事をした。

想ほえず袖にみなとのさわぐかなもろこし舟の寄りしばかりに

（想いがけないお言葉ありがとう。まるで唐船のでかいのが港にやってきたみたいに頼もしくて、わきたつ波《びっぐうえーぶ》をバッシャーンと浴びたかのように、おれの袖も感涙で濡れているよ）

二七

ある男のところへ、一夜だけいってみたものの、それきりになっていた。

ある日、彼が洗顔やら歯みがきやら朝の身じたくを整えようとして、たらいのふたをよけると、水のおもてに自分の顔が映った。

彼の胸にはこんな想いが歌となってあふれた。


われぱかりもの想ふ人は又もあらじと想へば水のしたにもありけり

（自分ほど悩んでるやつはいないと想ったけど、もうひとりいたよ――水のなかに）


そう詠じた彼の声は、泣き声であった。

そのせつない歌を一夜かぎりの恋人――私は、近所で立ち聞きしてしまったのである。

彼の苦しい恋心にうたれ、このようにかえした。


水口にわれや見ゆらむかはづさへ水のしたにて諸声になく

（水面に見えた顔は私の泣き顔でしょう。あのかえるでさえ、水中では声をあわせていっ

しょに鳴くというのだから)

二八

移り気な男がいた。彼は私のもとからふらりと、あらわれたときのようにまた去っていった。あとにはなにものこさず、どこへいったが手がかりもない。風のような彼を想い、私は歌を詠んだ。

などてかく逢ふ期《ご》かたみになりにけむ水もらさじと結びしものを

(どうしてこんな、会うことさえむずかしいふたりになってしまったんだろう。あのとき、私たちの身体のすきまから一滴の水もこぼれないというくらい、ぴったりと抱きあっていたのに……)

二九

すごいことがあった。

もう会えないと想っていた二条君が――いまでは東宮の男御となって、私には手の届かぬ存在である彼が——桜の花を愛でる宴をひらき、その招待客のなかに私の名も加えてくれたのだ。

私は、もう私は、おおやけに二条君に会えることがうれしくてたまらなかった。こんなことにどとない、さいしょでさいごのつもりで悔いのないよう臨もう、と、自分にいいきかせて出席した。

歌の会で、ついに私の番がきた。

私は、あまたの人びとのなかから、ただ二条君だけに向かってこの気持ちを詠じた。

花にあかぬ歎きはいつもせしかどもけふのこよひに似るときはなし
（ああ桜。散らないでくれとは、毎年想うことです。でもきょうの桜の美しさといったら奇跡でしょうか。いまこのときほど、散らないでほしいとはげしく願う春はありません！）

三〇

たまにしか会ってくれない恋人のところへ、こんな歌を贈ってみた。

逢ふことはたまのをばかりおもほえてつらき心の長く見ゆらむ

（ふたりでいる時間は玉の緒のようにはかなく、あっというまにすぎてゆくのに。君のつれなさは永遠につづくように想われてならないよ）

三一

宮中に仕えていたころのこと。

さる身分の高いかたの、男房の部屋の前を通りすぎたときだった。

部屋のなかから、いらいらとした声が、あきらかに私に向かっていうのだ。

「いいさ。いまは雑草のようにいきおい盛んに蔓延《はびこ》っているけど、そのうちどうなるか見ものだ！」

ふむ……。

まあ、こういわれるおぼえがないわけではない。ここの男房とは、むかあし、それなりに関係があったこともある。自分の部屋を素通りされておもしろくなかったのか――にしても、こんなふうに人をののしるのは、あまりに心が不器量ではないか。

罪もなき人をうけへば忘れ草おのがうへにぞ生ふといふなる
（草にたとえてくれるのもけっこうだけど、私がなにをしたっていうんだろうねえ。忘れ草がお体に生えて、あなた自身が人から忘れられてしまうのではと心配です）

大人げなくやりかえしてしてしまったが、この応酬はちょっとばかりうわさになり、ふだんの男房だけでなく、その同輩たちにも「やな野郎だね〜」と、にくまれてしまう私なのであった。

三二

昼寝の寝入りぎわなど、のんびりとした時間に、むかしいちゃついていた男がなつかしく想い出される。よりをもどそう――と、いうほどでもないのだけど、無責任に、甘い気分のままに歌のひとつも贈ってみたくなる。

いにしへのしづのをだまきくりかへし昔をいまになすよしもがな
（むかしの倭文織《しずり》の糸巻きを何度でも巻きなおすように、あの楽しかった日々がふたたびめぐってくることはないのかなあ）

う〜ん、やっぱりこれじゃ、よりをもどそうとしているように想われるかな？　ともあれ、相手のほうではなにを想っただろう。ついに返事はこなかった。

三三

摂津の国の菟原《うばら》の郡の男と、つきあっていたときのこと。

彼は敏感にも、こんど都にもどったらもうここにはくるまいと私が考えているのを察し、心変わりを責めた。私は彼をおちつかせるため、この歌をあげた。

芦辺より満ちくる潮のいやましに君にこころを想ひますかな

（芦のしげる岸辺に満ちてくる潮のように、私はだんだんあなたに惹かれているんだよ。だから安心してね）

彼はなんでも見通すような大きな目をみはり、首を横にふった。そしてこのようにかえした。

こもり江に想ふ心をいかでかは舟さす棹のさして知るべき

（芦がしげってかくれた入江のようなあなたの心だ。わからないよおれには。舟の棹をつきたてて、深さをはかれるわけでもないし）

いなか男の歌など、と、ばかにしていたが、これには「おっ」と想ったね。

三四

とにかくつれない片想いの相手がいた。

（なぜか定期てきにこういう、私を好きになりそうもない相手、私を平気で傷つける相手に惚れてしまう、自虐てき要素のある私であった）

歌ができてしまった。彼に贈った。

いへばえにいはねば胸にさわがれて心ひとつに歎くころかな

（とても口にはできない。でも、いわずにいるとどうにかなりそうだ。自分のたったひとつの心でさえ、こんなにもてあまして……）

われながら、ほんとうに苦しい恋をしていたな、と、このころのことは、あとになってもつらく想い出される。

三五

きらいになったわけでもないのに、事情があって会えなくなっていた恋人がいた。ふと、彼にまた愛たいなという気持ちが起こり、あとさき考えず、ただ甘やかな気分にまかせて詠じた。

玉の緒をあわをによりて結べれば絶えてのあともあはむとぞ想ふ

（私たちのいのちは、あわのようにゆるやかに結ばれている。会えないときがつづいても、きっとまた会える……ふわっとね★）

三六

しばらく愛にいけずにいると、「ねえ、ボクのこともう忘れたの?!」と、すねて、文句をいってきた少年がいた。

とりたてて美形というのでもないが、さびしがりでやきもちやきな彼の、数かずの表情が想い出され、なんともほほえましい。私は歌を贈って少年をなぐさめた。

谷せばみ峰まではへる玉かづら絶えむと人にわが想はなくに

（せまい谷を、その峰までもねばりづよく這いのぼっていく玉かづら。私だっておなじだよ、けっして絶えるつもりなく、君をきゃわゆいと想いつづけているんだから）

三七

もてまくり美青年とつきあえることになった——けれども、私が帰った瞬間にほかの男をつれこんでいやしないかと、気が気じゃない。彼は虫もころさぬおとなしい顔をして、おそろしいほど奔放で好色なのだった。彼と一夜をともにした男はみなぞっこんになってしまう。

ある朝、彼のもとを去ってすぐに、私は身もだえしながら作った歌を贈った。

われならで下紐とくなあさがほの夕影またぬ花にはありとも

（夕暮れを待たずに色を変えてしまう、朝顔のように移り気な君だとはわかっているつも

りだけど、どうか、さっきふたりで結んだ下着の紐❤を、私いがいの男の前ではほどかないでほしいよ）

ふたりして結びし紐をひとりしてあひ見るまでは解かじとぞ想ふ

（はい。ふたりでしっかり結びましたよね、僕の紐……❤　わかってます。つぎにお目にかかるまで、ひとりでほどいたりしませんから）

なんだかもう、いいおっさんが、手玉に取られている気がしてならない。

三八

眩達の紀の有くんのところへ、つもる話でも～と、遊びにいった。くだんの浮世ばなれ純粋男《ぴゅあお》の、まだ若かったころの話である。むかしから私は、彼と話すとほんとうに心が洗われるのだった。

しかし有くん、いったいどこをほっつき歩いているのやらなかなか帰ってこない。ふむ。私はちょっとふざけて、うぶな彼にこんな歌をのこしていった。

君により想ひならひぬ世のなかの人はこれをや恋といふらむ

（君のおかげでよーくわかった。まだこないか、いつくるか、って、そわそわと待ちつづける気持ち。世間の人はこれを恋というんだね）

有くんからの返事はこう。

ならはねば世の人ごとに何をかも恋とはいふと問ひしわれしも

（おれは恋というのがぜんぜんわからなくて、会う人ごとに「恋ってなんだい？」ときいてまわってるくらいなのに。そんなおれが、恋愛通の君に恋のなんたるかを教えたっていうの？　おかしいね）

有くんのさわやかな笑い声が聞こえてきそうな歌であった。

三九

すこしまえに西院《さいいん》の帝というかたがおられ、その皇子の崇《たか》獅子《しし》さまが若くしておなくなりになった。そのご葬送の夜のこと。

私は当時、崇獅子さまの邸宅のとなりに住んでいた。ご葬送の儀式をひと目おがもうと、恋人と車に乗って出かけたが、いくらお待ちしてもお柩の車は出ていらっしゃらない。しかたなく、皇子への哀悼の気持ちだけを申しあげて帰ろうとした、そのとき。

天下の色好みで有名な源★至《みなもとのいたる》という男が――これも、皇子の葬送の儀を見にきたのだろうが――こちらの車に近づいてくるではないか。

恋人は嫌悪感をあらわにしてつぶやく。

「げ、みなたるだ。最悪」

私たちの乗っていたのは恋人の車で、飾りつけがあでやかだったので、年中発情中な彼（人のこといえないが）は、むらむらとくるものがあったにちがいない。私も乗っているとは知らずに、助平な冗談などをいっていい寄ってくる。

そのうち、源★不謹慎★至は、ほたるをつかんでこっちの車にぽいっと入れてきた。

恋人は私に身をよせてこういう。

「ほたるの明かりのせいで、車のなかが透けて見えちゃうんじゃない？」

可愛いことをいうなあと想いながら、私はいった。

「ふたり乗りだとわかれば、むしろ好都合だよ」

「やっぱりやだ、なかが見えたら。そとへやって」

私はほたるを車から追いだし、筆をとって、源★不謹慎★至をたしなめる歌を詠み、彼へ届けた。

出でていなばかぎりなるべみ灯《とも》し消ち年へぬるかと泣く声をきけ

（お柩の車が出てゆかれたら、それが皇子さまのこの世の御最後……。御魂の灯《ひ》が消えて、年端もゆかずなくなられたことをだれもが悲しんでいる。この泣き声が聞こえないの？ばかじゃないの？）

かえす源★不謹慎★至の歌はこのようであった。

いとあはれ泣くぞ聞こゆる灯し消ち消ゆるものともわれは知らずな

（おいたわしいことと想いますー、泣き声も聞こえてますー。でも、皇子の魂は、いうならば不滅。美しいあなたへの私の想いも、また不滅）

どういう神経をしているのやら、天下の色男は反社会《さいこ》てき人格《ぱす》かと想ってしまった。それに風流男と名高い源★至にしてはそれほどでもない歌だ。

ともかくも、ご葬送の折にこんなふるまいがあったとなれば、皇子も不本意だったことだろう——いや、苦笑して見守っておられたかな？

四〇

若いころ、うちの使用人見習いの、それほど器量のよくない少年をこのましく想ってい
た。しかし私の親が、息子が召使いふぜいとできてしまうとおそれ、彼を追い出そうと考
えた。はじめはまだ様子見で、ほんとうに追い出すことまではしなかったけれど。
親たちは私を彼と接触させないよう注意を払い、私にも「あれにかまうな」と日々口うるさくいった。私はまだ親に養われている立場だったので、彼らの反対を押しきってまで想いをつらぬく——というほどの勇気はなかった。少年ももちろん、あるじに逆らえるわけがなかった。

しかし、親ににらまれている身分ちがいのふたり——それはもう、恋が加速する条件がそろったようなものである。私の恋心は苦しいほどにつのり、いつしか少年にも通じ、ふたりは相愛に。人前ではいちゃつかないようにしていたが、こういうものはばれてしまうさだめなのだろう、ある日とつぜんうちの親は少年追放を決行してしまった。

私は、鉄の味がする涙を流しながらも、彼を引きとめるすべがわからない。やがて彼は見送りの者につれられてわが家をあとにした。

あの、顔の部品のくせのある配置、それでいて歯ならびはきれいだったことや、前髪の

生えぎわにくるんとうずまく変なところにあるつむじ、瞳の輝き、からすのような変わりかけの声、純な心、なにもかもが愛しかった。私は、ほんのりぶさいくな彼がしんじつ可愛かったのである。

泣きながら、とめどなくあふれるはげしい想いを歌にするしかない私だった。

出でていなばたれか別れのかたからむありしにまさるけふはかなしも

（君が私をきらいになって、自分から出ていくんならしかたない。でもきょう、こんなに想いあっているものをひきさかれるなんて！　片想いだったころとは、くらべものにならないほどつらい）

そう詠んで、私は意識を失ったらしい。親のあわてぶりはそうとうなもので、息子のためを想ってやかましくいっていたのがまさかこんなことになるとはと、神仏に私の回復を祈願した。

私は少年の出ていった日の夕方に気絶して、つぎの日の夜八時ころに、やっと息を吹きかえしたという――自分ではよく憶えていないのだが。

老いてのち、私がこの話を青春の想い出として人に語ると、「むかしの若者ってすごい純愛だったんですね！」と、けろっとした顔でいわれる。私のしていた恋は、もう古風だということなのかな。

四一

こんな話がある。

ふたりの兄弟、甲兵衛《こうべえ》と乙正《おつまさ》がいて、甲兵衛は身分のひくいまずしい男を夫にし、乙正は高貴で裕福な男を夫にしていた。

甲兵衛は、暮れもおし迫ったころ、正月にそなえて夫の晴着を洗濯していた。彼はそれなりの身分の家の出だったので、こうした仕事になれておらず、いっしょうけんめい洗っていたけれど、つい着物の肩のぶぶんを破いて穴をあけてしまった。

どうしようもなくて、雪のちらつく灰色の空を見あげると、さまざまな気持ちがこみあげてくる。みじめな想いで泣いている甲兵衛を、通りかかった乙正の夫が見つけた。

鰥の兄弟が困っている――。乙正の夫は家に帰り、甲兵衛の夫の位にふさわしい美しい緑色の着物を見つけだし、このような歌をそえて贈り届けた。

むらさきの色濃きときはめもはるに野なる草木ぞわかれざりける

（野原に紫草が咲くと、その濃い色のためにいちめん紫草ばかりに見えて、ほかの草木も

見分けがつかない。私の愛する乙正のかけがえのない兄弟であるあなたも、私にとっては
わけへだてなくたいせつな人なのです）

いい男だな。

これこそ「むらさきのひともとゆゑに武蔵野の草はみながらあはれとぞみる（紫草が一本でもあれば、武蔵野の野の草すべてがなつかしく想える）」の心である。

おなじ立場ならぜったい私もそうする！　と、乙正の夫のふるまいにひざを打つ私であった。

四二

またも、好色浮気男の色香に迷ってしまった私である。

そのまなざしやふるまいの、不実であることを隠しもしない自分本位な魅力に完全にやられてしまった。

逢えば傷つく。逢わねば傷がむずがゆい。恋とはぐじゅぐじゅした傷痍《しょうい》をよろこんで飼うようなものなのだろうか。やみつきになって毎晩彼のもとへ通っていたが、二、三日ほどつづけて用事があっていけなかった。そのかん、こんな歌を贈った。

出でてこしあとだにいまだ変わらじをたが通ひ路といまはなるらむ

（朝、私が君のもとを去って……まだ足跡も消えないうちにつぎの男がきて……ここに獣道ならぬ恋の道ができてしまうんじゃあないのかね）

こんな湿っぽい歌を贈るとは、われながら、彼の心変わりがほんとうに不安だったのだろう。

四三

賀陽親王《かやのみこ》というおかたがいらっしゃる。親王のお召しかかえの男たちのなかに激眩《げきまぶ》な青年がひとりいて、この者を寵愛しておられるのだが、激眩だけにやたらともてて、浮いたうわさがあとを絶たない。激眩をものにしたぞ！　と、はしゃぐ男もあったが、じつはずっとまえからつきあっているなじみの男がいた。このなじみ男、はしゃぎ男の存在が気になる。浮気な激眩へ、燃える嫉妬で自然発火しそうな手紙を書いた。

ほととぎす汭《な》がなく里のあまたあればなほうとまれぬ想ふものから
（俺の可愛いほととぎすよ、あんまりあちこちの里で鳴いているというから、おまえが心底愛しいだけに物憂くてたまらぬ）

すると激昡、なじみ男のあつかいにはなれたもので、このように機嫌をとる。

名のみたつしでのたをさはけさぞ鳴く庵あまたとうとまれぬれば
（まったくもう、ほととぎすちゃんは泣いてますって。ありもしないうわさばかり立てられて、本命の貴方にきらわれちゃうんじゃないかって❤）

なじみ男は鼻のしたをだらしなくのばしながら、この歌を何度も読みかえす。そして、はあ、と熱いため息をつき、何年つきあっても魅力のあせない恋人へもういちど歌を贈るのだった。

庵おほきしでのたをさはなほたのむわが住む里に声したえずば
（あちこちで鳴いてるとしても、もういいさ。この腕のなかで鳴いてくれるのなら、それだけで……）

四四

地方へ赴任してゆく隣人のために、はなむけの宴席をもうけた。隣人とは家族ぐるみのつきあいだったので、私はじまんの襦とその召使いも同席させ、酌をさせて隣人をもてなした。

私はさらに、餞別として襦の装束のおさがりを一式贈ることにした。そして、そのなかの、裳《も》に音をかけた歌をそえた。

出でてゆく君がためにと脱ぎつればわれさへもなくなりぬべきかな

（旅立つ君に襦が脱いだ裳をあげたなら、いっしょに喪ももっていってくれるかな、ハッハッハッ）

縁起でもないようだが、宴席でのたあいのない歌で、悪気はないのだった。

四五

喪といえば、想い出す話がある。いわゆる箱入り息子に愛されたときのこと。とても内気な少年で、私に告白したかったのだけど、できなくて、片想いが重症化してついに病気になってしまった。

いよいよ死んでしまいそうに弱ったとき、少年はようやく「業さまに可愛がられてみたかった」と口にすることができ、親たちは泣くなく伝えにきた。それを聞いて私もおどろき、いそいで愛にいったものの、少年は息絶えてしまった。

なりゆきで、そのまま彼の家で喪に服すこととなった私だが、なんともふしぎな縁であることよ。六月のおわりのとにかく暑いころおいで、宵のうちはなき少年のために管弦などを奏し、夜がふけてからは心地よい風に涼んだ。

ほたるがふわふわと高く舞いあがるのを寝ながら見あげていると、歌ができた。

ゆくほたる雲のうへまでいぬべくは秋風吹くと雁につげこせ

（ほたるよ、もう雲のうえまでのぼるか。では雁に伝えておくれ——地上はもう秋の風が吹いている。君の季節だから、はやく帰っておいでと）

暮れがたき夏の日ぐらしながむればそのこととなくものぞ悲しき

（夏の日は長いね。一日じゅう、なんだか悲しい気分でいるよ。私のほうは、君を知ることはなかったけれど）

四六

紀の有くんは、わが最高の親友である。

かたときも心は離れることなくおたがいを気にかけていたが、その有くんが遠い他国へいってしまうことになった。別れはつらく、名残おしいこと半身をもっていかれるごとしだ。

月日は流れ、有くんからたよりが届いた。

――君に会わないまま、すぎゆく時間のはやさときたら、おどろくばかりだよ。もうおれは君に忘れられてしまったんじゃないかと、想像するだけで悲しい。世間の人はしばらく会わずにいると忘れてしまうみたいだから――

私はたまらず、こんな歌を詠み、かえした。

目離《か》るとも想ほえなくに忘らるるときしなければおもかげにたつ

（なにをいうんだ有くん！　おれのなかでは、君に会ってない時間なんてないぜ。いつもいつも君のおもかげといっしょにいるんだから）

四七

とにかくまじめで、守備《がーど》の堅い男を愛したことがある。

色好み、移り気、風流といった男たちになれている私にとっては、その堅物ぐあいが新鮮に映ったのである。めったなことでは恋愛なんぞに心を動かされない男――そんな人の心が動くときこそ、どんなようすなのか、どんなふうに乱れるのかを見てみたい。

もちろん、彼のほうでは私の評判を知っていて、不実な遊び人だと警戒している。いくら誘ってもつれない返事ばかりをよこして、ついにこんな歌を。

大幣《おほぬさ》の引く手あまたになりぬれば想へどえこそ頼まざりけれ

（大幣のように引く手あまたの君のことだからね。きらいじゃあないが、添いとげる関係

にはなれないと想っている）

彼の、細くて小さな目の奥の瞳が、うたがいと期待にきやきやとしているのが目に浮かぶよう。たまらんな、と、私は体がぞくぞくするのを抑えて、こう歌をかえす。

大幣と名にこそたてれながれてもつひによる瀬はありといふものを

（引く手あまたの大幣だなんて、まったくまた……。それだって、お祓いのあとは川へ流されて、流れながれて、さいごにはすうーっとどこかの瀬に寄るもの。その瀬が、あなたというわけです❤）

四八

旅立つ友人のために、心ばかりの餞別の宴をしてあげたくて待っていた。しかし友はこず、待ちぼうけをくった私は、しみじみと想いあたることがあった。

いまぞ知るくるしきものと人待たむ里をば離《か》れずとふべかりけり

（待つって……ほんとうにせつなく、つらいものなんだな。身にしみたよ。こんどから、恋人たちを待たせている里へもっと足しげく通うことにしようっと！）

四九

私には弟がいるのだが、これがかなり私ごのみの美少年に育ってきた。私の恋愛対象《すとらいくぞーん》は全人類であり、しかも気持ちを秘めるということがほんとうにできないたちで、このような歌も本人にあっさり読ませてしまう。

うら若み寝よげに見ゆる若草をひとの結ばむことをしぞ想ふ

（若草のようなみずみずしい弟よ、その根を結ぶようにおまえと寝てみたら、どんなに最高だろう。おまえとやれる男がうらやましいぜ）

すると弟は、あわててこんな歌をよこした。

初草のなどめづらしき言の葉ぞうらなくものを想ひけるかな

（えええ？　兄さん、ぼくのことそんな目で見てたの?!　さすがというかなんというか。でもこっちは、兄は兄としか想ってませんからねっ♪）

五〇

自分だってそうとうなくせに、私のことを浮気者だといって責める男がいた。歌でいいあいになった。
いちゃもんをつけてきた彼を先攻として、後攻は私。

鳥の子を十づつ十は重ぬとも想はぬ人をおもふものかは
（鳥の卵を十個かさねて、それをさらに十倍重ねるような奇天烈な芸当ができたとしても、浮気ばかりして私を愛してくれない人を愛することはできないよ）

つぎの回《いにんぐ》、先攻の彼。

朝露は消えのこりてもありぬべしたれかこの世を頼みはつべき
（あのはかない朝露のうちにだって、たまさか消えのこるものもあるだろう。でもあなたとおれみたいにあてにならない関係、だれが信じられるもんか）

私の後攻。

吹く風にこその桜は散らずともあな頼みがた人のこころは

（去年の桜が、吹く風にたえてまだ残っている――百歩ゆずって、そんな奇跡があるとしよう。それでもなお、信じられないのは浮気ばかりの君の心だ）

さらに彼。

ゆく水にかずかくよりもはかなきは想はぬ人を想ふなりけり

（流れる水のおもてに字を書こうとするよりむなしいこと、それは、愛してくれない人を想ってしまうことなんだ）

口のへらない男だよ。むこうもそう想っているかもな。私は苦笑しながらも、負けん気な彼がおもしろくてまた詠む。

ゆく水と過ぐるよはひと散る花といづれ待ててふことを聞くらむ

（いかにもいかにも。流れる水も老化も散る桜も、なにひとつ待っていてくれるものはな

い。人の心も、もちろんそうだね）

こにくらしい男と浮気くらべをして遊んだ、そんなやりとりである。

五一

有くんがむかし、自宅の前栽に菊を植えたことがある。その場に立ち会った私は、こんなふうに歌って予祝したものだ。

植ゑし植ゑば秋なきときや咲かざらむ花こそ散らめ根さへ枯れめや

（ああ、しっかり植えたね。これでもう、この世に秋があるかぎりは咲いてくれるだろう。花は散っても根はのこるから。いい菊おめでとう。いまからお祝いしておくよ）

五二

五月五日は男の節句。親しい人から、菖蒲の葉につつみ色糸を巻いた飾りちまきをもらった。私はこのように詠んで、

あやめ刈り君は沼にぞまどひけるわれは野に出てかるぞわびしき
（君はこの菖蒲を刈るために沼地を歩いて、私は野に出て狩りをした。おたがい、おつかれさまだったね）

その歌に、狩った雉をそえて返礼とした。

五三

事情があってなかなか会えない男がいたのだが、やっと会うことがかなった。愛してる、愛たかったとつきぬ睦言をかわしあっていたけれど、ついに夜あけの鶏が鳴いてしまった。

せつなさをわかちあう彼へ、私はこんな歌をささやいた。

いかでかは鳥のなくらむ人しれず想ふ心はまだ夜ふかきに
（なぜこうも、鶏というのは早ばやと鳴くんだろうね。こうしてひっそりと会う私たちには、まだまだ真夜中のように感じられるのに）

五四

冷淡な恋人に、こんな歌を贈ったこともあった。

ゆきやらぬ夢路をたのむたもとには天つ空なるつゆやおくらむ

(愛にゆけないのなら、せめて夢のなかで愛たい。なのに、それもかなわなくて、私の袂は天空のつゆというつゆがみんなここに集まったかのように、涙で重く濡れているのです)

五五

片想いしていた相手が、いっときはうまくいきそうに想えたものの——やはり私のものにはならないとわかった日。彼の態度や自分の言動を未練たらしくふりかえっているうち、こんな歌ができた。

想はずはありもすらめどことのはのをりふしごとに頼まるるかな
（あなたはもう、私のことなどなんとも想ってないだろうけど。時どき、あなたの意味深な言葉を想い出しては身もだえして、もういちど好機《ちゃんす》ないかなあなんて、期待してしまいます）

五六

寝てもさめても想う恋をしていた。こんな歌が口からこぼれた。

わが袖は草のいおりにあらねども暮るればつゆのやどりなりけり
（おれの袖は草庵じゃあないとゆーに、夜がくると泣いてしまって、まったく夜露の専用宿と化している）

五七

ふっと気がゆるんだおりなど、とつぜん、二条君への想いがはげしく噴きあがることがある。身体が内側からこわれてしまいそうなくらいに強烈な、彼を求める心である。秘めねばならない恋なのに、どうしようもなくて立ちつくしてしまう。
あまりにつらくて、二条君に近い立場の人を通じて、歌を贈った。

恋ひわびぬ海人《あま》の刈る藻にやどるてふわれから身をもくだきつるかな

(望みもないのに君を求める心が、ほんとうに苦しい。海人の刈る藻には、割殻《われから》という小虫が住むというが、私もそいつのように、自分からすすんで君を求め、身を砕くような恋をしている——)

五八

洗練きわめた風雅な色男——とは、なにをかくそう私のことだが、旧都の長岡というところに家を建てて住んでいたことがある。そこでは米を作ったりしていた。

隣家には宮さまがお住まいで、お屋敷には召使いの野郎どもがわんさか。私が使用人たちに稲刈りの指図などをしていると、この野郎どもが、

「都で有名ないけめんが、現場監督《していー》してるぜぇ」

などとはやし立ててくる——ばかりでなく、ずかずかと集団で庭に入ってくるではないか。

こんな品のない輩につかまってはかなわぬと、私は家の奥にひっこんだ。

野郎どものひとりが声を張る。

あれにけりあはれ幾世の宿なれや住みけむひとのおとづれもせぬ
（いやー、荒れてますねえ、何世代もののお屋敷かわかりませんが、だれかいるんすか〜！
なんにもお返事ないんすけどおー？）

庭には隣家の男たちがどんどん集まってきた。

私はこのようにかえす。

むぐら生ひてあれたる宿のうれたきはかりにも鬼のすだくなりけり
（はいそうですよ。ここが雑草だらけの空き家なのは、こんなふうに鬼が集まってきて、
騒いでうるさいからなんだな）

この返事が野郎どもをよろこばせてしまったらしい。さらに図にのって、

「ひゅー！　いけめんが返事した！」

「歌かっけえー！」

「ねえ、出てきてくださいよ。いっしょに落ち穂ひろいましょ～！」
だなんてぎゃあぎゃあいってよこす。
私はこうかえしてやった。

うちわびて落穂ひろふと聞かませばわれも田づらにゆかましものを
（はあ、君ら落穂なんかが欲しいくらい食うに困ってるんだ。じゃあ、私も田んぼに出てお手伝いしますけど）

五九

京の都ではいろいろしがらみがふえ、東山に住みたいと考えたことがある。

住みわびぬいまはかぎりと山里に身をかくすべき宿もとめてむ
（はあ、もう都にはいたくない。なにごともこれっきりにする。あの山里なら、私ひとりくらいかくまってくれる場所があるはずだ）

などとやけっぱちになって、住み始めてみたものの。

私としたことがさっそく病みついて寝こんでしまい、あれよあれよというまに重体になった。家でひとり意識ももうろうとしてきたころ、事態に気づいた里人が乗りこんできて、顔に水をかけて目を覚まさせてくれるなんてひと幕もあった。

里人たちのおかげで、私はやっといくらか人心地がつき、

わがうへにつゆぞおくなる天の河とわたる舟の櫂のしづくか

（ぽたりぽたり、顔のうえに降ってきたつゆは、天の川をゆく舟の櫂からこぼれたしずくかしら。あやうくあの川をわたってむこうにいってしまうところだった、笑）

と、詠ずれば、里人たちもほっとして笑った。

六〇

こんな話がある。

宮仕えがいそがしく、長く家のこと鰥のことをかえりみなかった男、甲虎《こうとら》がいた。やがてこの鰥乙道《おつみち》には、まめに愛情をかけてくれる丙也《へいや》があらわれ、乙道は新恋人へなびいて遠い他国へ嫁いでしまった。

ある日、甲虎は宇佐八幡宮への勅使として出張することになった。人から聞いたところによると、もと鰥の乙道が、なんとその国の勅使接待役人の鰥になっているという——。はたして甲虎は、勅使接待役人の丙也の屋敷でもてなしを受けるだんになり、「ぜひこちらの奥方に酌をお願いしたい。そうでないなら、酒は飲まない」といった。甲虎の顔を知らない丙也には事情がわからない。勅使がお望みならばと乙道を呼び出した。

乙道ははじめ、賓客がもと夫の甲虎だとは気づかず、さかずきをさしだして酌をした。甲虎は肴としてすすめられた橘の実を手にとって眺め、こう詠じた。

五月《さつき》まつ花たちばなの香をかげばむかしの人の袖の香ぞする

（五月になるのを待ちかねたように咲く、橘の花の香りよ。ああ、この香りは、むかし愛していた人の袖の香りだ）

その言葉に乙道がはっとして、客人の顔をあらためてよく見ると、もと夫ではないか。夫婦《ふうふ》だった歳月、楽しいときもあったけど、夫にかまってもらえずに寂しかったこと、新しい男の出現に罪悪感をおぼえたこと、でも、もう孤独にたえられなかったこと——そしていま、巡りめぐってふたたび、こんなかたちで再会したこと。

乙道の胸には走馬灯のように想いがよぎり、この世のままならなさ、はかなさを憂うあまり、ついに出家して僧になってしまったということである。

六一

筑紫へ出かけたとき、通りすがりの家の簾の奥からこんな会話が聞こえた。

「おっ。都イチの色好みのお通りだ」

「まじ？　どれどれ」

ふむ。聞こえるように話しているな。私は腕をくみ、その場ですらすらと詠じた。

染河をわたらむ人のいかでかは色になるてふことのなからむ

（ここ筑紫の名水である染川を渡ろうものなら、だれだって色に染まってしまうさ。私のような堅物でもね）

簾の奥の男は笑い、このようにかえした。

名にし負はばあだにぞあるべきたはれ島浪のぬれぎぬ着るといふなり

（よくゆーよ！　じゃあ「たわれ島」を見たらみんな戯れたくなるっていうのかい？　名

前のせいでとんだ濡れぎぬだね）

六二

長いこと、たずねてやらなかった少年がいた。もとから、あまり自分自身をたいせつにできなくて心配な子だったが、さらに心が荒れたのか、いいかげんな人を頼って都落ちしてしまい、他国である人の屋敷の召使いになりさがっていた。

ある日、たまたま、私はその屋敷の客人となった。少年が私の食事の世話をしてくれることとなったのだが、彼がなにも感じていないような無表情で給仕をするのが気になった。その夜、私は屋敷のあるじに「さきほどの召使いを私の部屋へよこしてください」と頼み、ややあって少年がやってきた。

「私を忘れてしまったのかな」

そういって、あらためて彼を見ると、とてもあわれで——いくぶん率直すぎたかもしれないが、このように詠じた。

いにしへのにほひはいづら桜花こけるからともなりにけるかな

（桜花のように匂っていた、あの美しさはどこへいってしまったんだ。いまの君は花をすべてもぎとってしまったようにみじめじゃないか……！）

無表情だった少年は、いつしかうつむいて肩を震わせていた。

私はたずねる。

「どうしてなにもいわない」

「涙がこぼれるので、なにも見ません。なにもいえません」

私はふたたび詠んだ。

これやこのわれにあふみをのがれつつ年月ふれどまさりがほなき

（ああ、この子が私と逢う日々からのがれて近江を去った少年なのか。年月はたったが、むかしよりも良くなったというのかい？　私を捨てたのだから、あのときよりも幸せになっていなくちゃだめじゃないか）

私は着物を脱いで少年に与えたが、彼はそれを捨てて逃げ去ってしまった。彼がそれからどこへいったかは、だれにもわからない。

六三

年をとってもなお、好色な翁がいた。

「わしと恋するええ男はいないもんかの〜」と、妄想するものの、それをだれにもいえずにいた。

ある日、恋を求める気持ちが抑えきれず、ついにこの翁、三人の息子を呼びつけて創作した夢物語を話して聞かせた。うえのふたりはあきれてまともに取りあってくれなかったが、三男だけはまじめに聞いてくれた。そして、

「それは吉夢ですよ。近ぢか、父うえの理想の殿御があらわれるでしょう」

だなんて励ますのだった。翁はキャキャッとはしゃいでよろこんだ。

さて。この三男が思案をするに——はたしてわが父と恋愛をしそうな男とはいったいだれであろうか——真剣交際に発展するかはともかく、冥途のみやげに、都いちのいけめんと名高い在原の業さまに、ひと目逢わせてやりたいなあ、うん、そうしよう——との結論にたっした。

かくして、私が狩りをしているとくだんの三男坊が狩場にあらわれ、うちの馬の口をとっていうのだった。

「こうこういうわけで、うちの父はあなたさまをお慕い申しあげております。どうか会ってやってくださいませんか」

なんと優しい孝行息子であろうか。胸打たれた私はそのまま彼の家へゆき、彼の年老いた父親を愛した。閨では、翁はそれはそれは感激《えくすた》し、私に愛されながら何度も「夢のようじゃ！　死んでもええ！」と、あられもなくさけぶので、口をふさいでやったりしながら戯れた。

しかしそれはいちどきりのことで、私はそのご翁に愛にいかなかった。すると、私にすっかり惚れこんでしまった翁は待ちきれずに私の家まできて、そっと生垣からこちらを見つめている。私はそのいじらしいすがたに気づき、このように詠んだ。

百年《ももとせ》に一年《ひととせ》たらぬつくも髪われを恋ふらしおもかげに見ゆ

（可愛ゆい翁よ、百年には一年たりないあの九十九髪《しらがあたま》よ。私に恋をしたらしい。目を閉じると、おもかげが浮かぶような……）

そういって出かける準備をすると、翁は自分に愛にくると想ったのだろう、私の視界のすみで、猿のようにぴゃっと飛びあがったかと想うと、生垣のいばらやからたちに服がばりばりひっかかるのもものともせずに駆けだした。私は純情な翁をほほえましく想いながら外出し、その日のさいごに彼の家に向かった。そして、彼が私の家でそうしたように、私も彼の家の生垣からなかをのぞき見した。

翁は私を待ちくたびれたのか、しゅんとした面もちで床に入るところで、このように詠じた。

さむしろにころもかたしきこよひもや恋しきひとにあはでのみ寝む

（は～あ、むしろのうえに着物の袖をかたっぽ敷いて、こんやも恋しい人に会えずにひとり寝だ……わびしいなぁ……）

これを聞いてしまっては、翁があわれに想えてならず、その夜私は彼といっしょに寝てやった。

自分のすきな男に優しく、すきじゃない男には優しくないのがふつうの男というものだろう。しかし私はそのあたり、どういうわけか幼少期からたがはずれており、恋愛対象《すとらいくぞーん》は（以下略）。

六四

じっさいには会ったことのない文通相手がいた。ふたりきりでしっぽり語りあかしてみたいと想いつつ、どこのだれかも、年齢も身分も、もっといえば実在するのかもよくわからないままでいた。

このふしぎな相手に、私はこう詠んだ。

吹く風にわが身をなさば玉すだれひまもとめつつ入るべきものを

（風になりたい。そうすれば、あなたの御簾のすきまから吹きこんで、あなたのお顔もどこのだれかも知ることができるのに）

するとこのように返事が。

とりとめぬ風にはありとも玉すだれたがゆるさばかひまもとむべき

（ふっふー。いくらつかみどころのない風になったとしても、この御簾のなかには入れてあげないよー）

六五

私が少年だったころの話。

ときの帝がご寵愛中の青年で、禁色《きんじき》――天皇や皇族いがいの衣服には使用できない色――を、特別にゆるされている甲爾《こうじ》という者がいた。大御息所《おほみやすんどころ》と申しあげるかたのいとこにあたる人だった。

私は当時、殿上にお仕えする身で、まだほんの子どもであったが、この青年甲爾と知りあって、彼のことがたちまちすきになった。私は男房たちの在所への出入りをゆるされていたので、甲爾のいるところならどこまでもついてゆき、彼の私室で、真正面に座ってその美貌をまじまじと見つめたりする。

甲爾は、自分に見とれてうっとりしている子どもを見て苦笑して、

「あのなあおまえ、おれは帝のものなの。こんなことしてたらほかのやつらがどう想う……。おたがいに身の破滅だ。もうおれのあとを鴨の子みたいについてまわったり、こんなふうに部屋までくるのはよせ」

と、ため息をつく。

しかし残念ながら、彼ときたら私をたしなめる表情までむだになまめかしく、私はいっ

そう夢中になってしまう。

私は脳天気に詠じた。


想ふには忍ぶることぞ負けにける逢ふにしかへばさもあらばあれ

（がまんするとか超むりです！　僕はあなたの魅力に負けました。あなたに逢えるならどうなったっていいんです）


そしてその歌のとおりに、一日のつとめを終えた甲爾が部屋へもどると、人目もはばからず私もついていってふたりきりになる。

私のことがいよいよ危険だと想ったのだろう。甲爾は実家の里にさがってしまった。すると私の思考回路は「えっ♥かえって好都合じゃん甲爾に愛やすくなるじゃん♥」と判断し、甲爾の実家に足しげく通うというしまつ。すえおそろしいませがきだと、ずいぶん人に笑われていたらしい。

いとしの年上の恋人・甲爾の家に寝泊まりしながら、早朝には参内して、朝の清掃をする主殿司《とのもつかさ》に見つかるまえに沓《くつ》を人のよりも奥に押しこみ、ゆうべはちゃんと宿直《とのい》したかのように工作する。

そんなずるまでして甲爾との恋に溺れていくうち、だんだん日々のことに現実味がうすれ、甲爾も私もいずれ身をほろぼすのではないかという予感がした。

私は自分の恋狂いをなんとか押しとどめようと、神仏に祈った。

「どうしたらよいのでしょうか。どうか私をとめてください」

しかし恋心はつのるばかりであり、陰陽師や神巫を呼んで「恋封じ」のお祓いをしてもらうことにした。儀式の道具を運んで川原へおもむき、お祓いを受ける。その最中にも頭のなかは甲爾のことでいっぱいで、彼に愛たくて、どうしてここに彼がいないのかとさけびだしたくなるのだった。

私は詠んだ。


恋せじと御手洗川にせしみそぎ神はうけずもなりにけるかな

（もう恋なんかしない！　と、御手洗川でみそぎを受けたけれど、神さまはわかってらっしゃる。そんなのむりだってこと）


ところで、甲爾を愛でられる帝もまたたいへんな美男であられた。毎朝のおつとめとして、美しくもとうといお声で、仏の御名をお心をこめてお念じになる。これを聞いて甲爾は、胸のふさがる想いがした。

「こんなにすばらしい帝にいちずにお仕えできないなんて、宿縁がはかないのだろうか。

あの小悪鬼みたいな小僧に押しまくられて、おれったら……！」

やがて、甲爾と私の仲は帝のお耳にも届き、私を流刑に――都から追放なさった。そして大御息所は甲爾を宮中からさがらせ、蔵にとじこめておしおきなさった。

甲爾は蔵のなかでひとり、天井をあおいでみずからの運命を想った。

海人《あま》の刈る藻にすむ虫のわれからと音をこそなかめ世をばうらみじ

（海人の刈る藻に住むという虫、割殻よ。いかにもわれから望んでこうなったことだ。このさき泣くことはあるかもしれないが、あの少年に恋したこの人生をうらみはしない）

よその国に追放された私は、夜ごと恋人のいる蔵へと通ってきて、壁をへだてて笛を吹き、歌って聞かせた。甲爾のほうでは私がきたとすぐにわかったはずだが、逢うことはできない。甲爾は詠じた。

さりともと想ふらむこそかなしけれあるにもあらぬ身を知らずして

（おまえ、こうして通いつづければいつかおれに逢えると想っているのか。悲しいな。おれはこんなところに閉じこめられて、もう自分が生きてるんだか死んでるんだか、よくわからないよ）

甲爾と逢えずに、私は彼のいるあたりを歩きまわり、しかたなくまた流刑先へ帰る。私はこのように歌った。

いたづらにゆきてはきぬるものゆゑに見まくほしさにいざなはれつつ

（あなたに愛たくて出かけてゆくけど、逢えないままむなしく帰る。そうなるとわかってるのに、愛たくてまたさまよい出てしまうんだ）

六六

摂津の国にうちの領地があったので、兄弟や友人たちとつれだって難波のほうへ遊びに出かけた。渚に舟がいくつも浮かんでいるのを見て、私はこう詠じた。

難波津をけさこそみつの浦ごとにこれやこの世をうみわたる舟

（難波の海にきてみれば、浦ごとに舟がゆきかうではないか。この世を倦み、厭いながらも人生という海を渡るしかない。私の心そのものだよ）

これを聞いてみんな、しみじみと感じるものがあったようで、遊びの会はおひらきとなった。

六七

二月に和泉の国へ、ノリのいい友数名をつれてぶらりと出かけた。
河内の国の方角――生駒山を眺めれば、やたらぶいぶいと雲の動きがはやい。朝には曇っていたものが昼にはからりと晴れわたっている。
そのいっぽう、山の木々には目にしみるように白い雪が積もっている。
この景色を見て私は詠じた。

きのふけふ雲のたちまひかくろふは花の林をうしとなりけり
(きのうもきょうも、雲がおちつきなく湧いて生駒山をかくすのは、きっとこの白い花が咲いたような林を人に見せたくないんだよ)

六八

友たちとのぶらり和泉散歩はつづいた。

住吉の里や浜辺を見たくてきたのだけど、やはりうららかな眺めでとても楽しい。すっかりいい気分になった友甲が、

「さあさあ業くん、住吉の浜で一首」

だなんて調子よくけしかけてくる。

雁なきて菊の花さく秋はあれど春のうみべにすみよしの浜

（雁が鳴いて菊の花咲きほこるみごとな秋であっても、いつかは飽きることもあるだろう。でもこの春の、かすみたつ住吉の浜の美しさはどうだい。住めたらよいのにと想わせるよね）

と……つい本気を出してしまったが、友たちはこの歌にすっかり感心して、つづけて詠む気が失せてしまったようだ。

六九

伊勢の国へ、狩の勅使として遣わされたときのこと。

かの伊勢神宮に仕える斎宮《さいぐう》は、その親よりこう命じられた。

「いつもの狩りの使いの人よりも、心をこめてお世話してさしあげよ」

素直な斎宮君はそのいいつけにしたがい、ほんとうにまめに、滞在中の私のめんどうを見てくれた。

朝には狩りの準備をすっかり整えて送りだしてくれたし、夕方に帰ればすぐに斎宮君自身の御殿へ通して休ませてくれた。ちょっと感動するくらい丁重なもてなしを受けたのである。

二日めの夜、私は斎宮君に「あなたとふたりでお愛したい」と、伝えた。斎宮君のほうでも、私と愛たくない……というわけでもなさそうだった。しかし人目がおおすぎてなかなかふたりになれない。私は都からの勅使団のなかではいちおう主役というか、正使であったから、離れの端っこなどではなくて御殿の奥の間を寝室として与えられていた。そしてそこが斎宮君の寝所と近かった♥

斎宮君は人びとの寝しずまったあと――零時ごろに、私のところへ愛にきてくれた。

そのときの光景が、私には忘れられない。

斎宮君を想って眠れず、寝室で横になりつつそとを眺めていると、青い月の光のなかに、召使いの男児を前に立たせて、彼が立っていた。戸惑っているようで、でも抑えがたいときめきに、美しい瞳が星のように震えていた。

私はわれを忘れて飛び起き、彼の手をひいて部屋に招き入れた。不安のためか彼は冷たい手をしていた。そう、斎宮である彼は一生未婚でなければならず、男と交わってはいけない処男なのだった。

それから二時間あまりを私の寝室ですごした。まだまだ語りたらず、心ゆくまで触れあったとも想えぬうちに斎宮君は帰ってしまい、私は想い焦がれて一睡もできなかった。すぐにでも使者を飛ばしたいが、そんなことのできる立場ではない。ため息がとまらず、もんもんと寝がえりねがえりしていると、すっかり朝になってから斎宮君の手紙が届いた。もちろんかぶりついて読んだ。

そこには歌だけがひとつ――。

君やこしわれやいきけむおもほえず夢かうつつかねてかさめてか

（あなたがきた――のか？　ぼくがいった――のか？　わからない。あれは夢？　現実……？　寝ていたのか起きていたのか、ぼくは、ぼくたちは）

はあああああーーーーーー！！！

狩人の私だが、きょうばかりはこちらが射られる鳥になったように、彼の言葉は胸のまんなかをつらぬいていった。私は斎宮君の歌をむさぼるように何度も読んだ。

彼は昨夜ひどく緊張していて、身にあまる大きなものをおそれており、しかし情熱にまかせて私の胸に飛びこんできてくれたのだ。正気にもどったとき、自分はなんということをしてしまったのか、と、とほうにくれたことだろう。彼の心の震えがそのまま私の全身に伝わってきた。

私は詠じた。

かきくらす心の闇にまどひにき夢うつつとはこよひさだめよ

（私はいま、心の闇を迷いさまよっています。夢かうつつかは私にもわからない。どうかこんや、もういちど逢ってたしかめてください）

手紙を贈ると、狩りに出た。野を歩いていても心はうわのそらで、どうしたらまた斎宮君と逢えるか、それればかり考えていた。こんやだけでも人びとをさっさと寝かせてしまって、はやい時間から愛たい――などと期待していたのに、死にたいくらい見こみはずれの展開となった。

というのは、伊勢の国守で斎宮寮の長を兼任する人物が、都から私がきていると知って歓迎の酒宴をひらき、それがひと晩じゅうつづいたのである。これでは斎宮君との逢瀬どころではない。あくる朝には尾張の国へ出発する予定になっており、私は鉄味涙さえ流してじだんだを踏んだが、どうしようもなかった。
もうやめてほしい酒宴の夜がようやくあけてゆくころ、斎宮君はそっと別れのさかずきをさしだしてきた。その皿には歌が書いてあった。

かち人のわたれど濡れぬえにしあれば……
（徒歩《かち》でゆく人の、裾も濡れないくらいの浅瀬。ぼくとあなたもそんな浅い縁のようだから……）

と、だけ書いてあって、下の句はなかった。
私はその皿に、たいまつの炭で下の句を書きつけた。

……またあふさかの関は越えなむ
（逢坂の関を越えて私はまた来ます。あなたに愛に。関を越えて、人の世の掟も超えて、前世も来世も銀河も超えて！！！）

夜があけると、私たち一行は尾張の国へと旅立った。

斎宮君は清和《せいわ》天皇の時代の人で、文徳《もんとく》天皇の息子であり、惟喬《これたか》親王の弟である。そして私にとっても親族にあたるのだった。

七〇

狩の勅使の役目《みつしょん》が終わった。

その帰りに、伊勢大淀の渡し場に泊まっていた。そこに斎宮君の召使いの男児が遣わされていたので、その子の前で歌を詠じた。

みるめ刈るかたやいづこぞ棹さしてわれに教へよあまのつり舟

(海松布を刈る潟は——あの人をふたたび見るには——どこへゆけばいいのですか。その棹で方角を教えておくれ、海人の釣舟よ)

この歌が、どうか斎宮君まで伝わりますように……!

七一

伊勢の斎宮へ、勅使として出かけることになった！

私はもうはうはで、甘い期待に動悸を高速《はいぴつち》に保ったまま参上したのだが、じっさいに会えたのは斎宮君ではなく彼に仕える男房だった。この男房、みょうにくねくねしていると想ったら、きいてもいないのにこんなことをいいだす。

「じつはわたくしが斎宮さまに男と男の秘めごとを教えてさしあげているんですよ、いわゆる夜の学校というやつでしょうか？　あっ、あくまで講義だけで実技はありませんが」

斎宮君と好色話《えろいはなし》ができるなんて、なんとうらやましい立場なのか。もっと彼のことをいわないかなと期待して聞いていると、くねくね男房はすばやくあたりを見まわし、すうっと私に近寄ってきて詠じた。

ちはやぶる神のいがきも越えぬべし大宮人《おおみやびと》の見まくほしさに

（ああ、おそろしい。わたくしは一線を――神の斎垣を――越えてしまいそう……。斎宮さまがひそかに慕っておられるという、宮廷でいちばんの美男子のあなたに、なんとかして愛たくて❤）

なあんだ。この男房も、私に惚れてしまったのか。

私はにっこり笑ってこうかえした。

恋しくはきても見よかしちはやぶる神のいさむる道ならなくに
(私をすきなんだね。いいよ、おいで。神さまは恋を禁じたりなさらないから)

七二

斎宮君のくねくね男房とも、そういう仲になった私である。

ねんごろになってみると珍味のような男で、ちょっとくせになりそうな、おもしろいことになりそうな感じであった。

なのに、それきり再会できぬまま、私はほかの国へいかねばならなくなった。

——また愛たかったのに、ざんねんだよ。君とはまだまだ楽しめそうだった。ほんとうにもういちど逢う方法はなかったものか。どうも逃げられたような気がしてならない——

そんな強粘着な手紙を贈ると、くねくねはこういってよこした。

大淀の松はつらくもあらなくに浦みてのみもかへるなみかな

(大淀の浜の松のごとく、わたくしだってふたたび愛たいとお待ちしましたよ。わざとつれなくしてるんじゃありません。あなたはうら読みばかりで、恨んでばかりで……。どうせ、よせてはかえす波のように都へもどってしまうんでしょう)

……相手のほうが冷静なように想えてくる。

七三

斎宮君を想って暮らす日々はつづいた。

いくら想おうが、手紙ひとつも贈ることができない彼……。

想いあまって、私は詠じた。

目には見て手にはとられぬ月のうちの桂のごとき君にぞありける

(見ることはできても触れることはかなわぬ月――その月には桂が生えているという。斎宮君、きみこそがその、月桂の樹だ)

七四

目に見える世界は平常運転、こともなし。斎宮君を想う心のなかだけが激動だ。

岩ねふみ重なる山にあらねどもあはぬ日おほく恋ひわたるかな

（私たちのあいだにはなにも、岩根をふみわけてゆくような、けわしい山が連なってあるわけじゃない。しかしそれよりも大きな障害に――人の世の掟に――逢瀬を長いことはばまれて、苦しんでいる）

七五

斎宮君へ通じる協力者を得ることができた。

満をじして、私は斎宮君を京へ誘った。都で、人目を気にせず愛たいと。

斎宮君からの返事はこうであった。

大淀の浜におふてふみるからにこころはなぎぬ語らはねども

（大淀の浜に生える海松布《みるめ》。ぼくはあなたを遠くから見るだけで、あなたという人がこの世にいるって想うだけで、心うれしく、なごむんです。これでいいんです。じっさいに逢って語りあわなくとも）

なんという……。

斎宮君のつれなさに、すこし時間がかかりすぎてしまったか、と、あせった。

私はこうかえした。

袖ぬれて海人の刈りほすわたつうみのみるを逢ふにてやまむとやする

（斎宮君、君は、見るだけでいいっていうの？　逢うよろこびよりも？　忘れてしまったのか、私たちの短くもすばらしかったあの時間を！）

そして返事は、

岩間より生ふるみるめしつれなくは潮干潮満《しおひしおみ》ち貝もありなむ

（見るだけでいいっていうのは、つれないんでしょうか。ぼくにはこれがせいいっぱいです——でも、生きていたらいつの日か、恋をしているかいもあるって想えるかも……）

えーっ斎宮君えーっ斎宮君えーっ斎宮君まっっっっじ?! ほんとにここまできて、それですか。

負けるのか、恋が。人の世の掟に。身分の差に。

私は絶望でめまいがしながら、手がふらつくのをこらえつつ、詠じた。

なみだにぞ濡れつつしぼる世の人のつらきこころは袖のしづくか

（あなたのゆるぎないつれなさが、私を大泣きに泣かせる。この袖はもう涙で色も変わり、しぼれるほどになっています）

斎宮君の愛にくさは本物《ガチ》。

七六

二条君がまだ東宮の御息所と呼ばれていたころ。

彼が氏神さまへお参りしたとき、私は近衛府《このえつかさ》に仕えていた。もう若いとはいえない年齢で、よくておじさん、さもなければじいさんと呼ばれることもふえてきた。

二条君は参詣のお供の人たちへさまざまにご褒美を与えている。私も、車上の二条君から直接いただいた。彼も年齢を重ねたが、その美貌も春雨のような優しいたたずまいもむかしのままだった。私は禄《ろく》を賜った光栄に報いるべく、このように詠んでさしあげた。

大原や小塩の山もけふこそは神代のことも想ひいづらめ

（大原の小塩山もこのご参詣をよろこばれ、きょうというきょうこそは、はるかな神代のことを想い出されていることでしょう。——あなたも、私のことを想い出してくださろうか。私たちの、遠い日々のことを……）

人前では気丈にふるまえたのだが、ひとりになると、さまざまな想いが胸いっぱいにあふれた。放心し、おちついたとき、どちらかというと悲しい気持ちにかたむいていた。二条君は、どう想っただろうか。

七七

田村の帝に多賀幾紺《たかきこん》という男御がいらしたが、亡くなって、七日めの法事を安祥寺《あんしょうじ》でおこなうことになった。

人びとはお供えものを、木の枝につけてたてまつる。おおくの人びとが千ほどもお供えの枝を持参したものだから、山のように積みあがった。その光景は、にわかに出現した山が、お堂の前にじりじりとせり出してきたかのようであった。

この日は右大将の藤原★常行《ツネふじわら》氏もご臨席なされており、僧侶の説法がすむと、一座の歌人たちをあつめて歌の会をおこなわれた。題は、「きょうの法事」。それにちなんで春の心を詠めということであった。歌人たちははりきってそれぞれに詠じた。

右馬《うま》の頭《かみ》という役職についていた私も、この座のなかにいたのだが、すっかり視力が落ちていて、人びとのお供えものの山をほんものの山と見まちがえるもうろくぶりであった。

それで――あとから考えると、そういい出来でもなかったが――こんな歌を提出した。


山のみなうつりてけふにあふことは春のわかれをとふとなるべし

(きょうのご法事のために、なんと、山までが移りきて参列している。男御さまとのお別れを悼んで、ここへ出てきたのだなあ)

七八

くだんの男御・多賀幾紺氏の四十九日の法事も、安祥寺でおこなわれた。

ここにもやはり右大将のツネふじわら氏がおられて、参列されたその帰り、山科《やましな》の禅師の親王がいらっしゃる山科御殿《てーまぱーく》へごあいさつにあがられた。

山科御殿は庭に滝を作って水を落としたり、小川を流したりというひじょうに凝った造りよう。ツネ氏は親王にこう申しあげた。

「長年、よそながらこちらをお慕いしていたんですが、なかなか近くでお仕えできる機会がなくって。今宵は、おそばに従わせてもらってもよいでしょうか?」

親王は、自分の作りこみ人工美趣味を解するツネ氏の来訪をおよろこびになって、彼のために酒宴や寝所の用意をされた。

ツネ氏はお供の私たち一行の前にいらして、こうおっしゃる。

「なあ、みなの衆。あこがれの山科御殿にやっとお仕えできることになったわけだが。きょうは初日だし、なんかこう、記念に? みんなの心にのこることをしたいなあって。どうだろう?」

部下たちは答えた。

「よきお考えです!」

「なにか目新しいことをされてはいかがでしょう!」

だよね、と、ツネ氏はうなずいて、さらにおっしゃる。

「どのくらいまえだったかなー、帝が父《ぱぱ》んちに行幸されたとき、紀伊の国は千里の浜にあったかたちのいい石っていうか岩を、土地の人が献上したことがあったの。せっかく運んでくれたけど、帝がいらっしゃる日にまにあわなくって……いまその石っていうか岩――どこにあるんだっけ？」

部下のひとりがすばやく申しあげる。

「何某の部屋の前に置きっぱでございます！」

「あ、そう？　あれいい岩なんだよな〜。ここんちの庭にぜったいあう。ていうか、超個性強い岩だからここしかあわない。親王さまなら気に入ってくれると想うんダ」

ツネ氏はご自分の想いつきにご満悦で、さっそく護衛の者やつき人たちに岩を取りにいかせた。岩はすぐに山科御殿へ届けられた。実物は、ツネ氏のお話を聞いて想像していたよりもずっとすばらしい奇岩、もとい名岩であった。

「たださしあげるというのも芸がない。みなの衆、これに歌をそえて贈ろうではないか」

ツネ氏はそうご提案され、右馬の頭である私の詠んだものを、岩の表面の青い苔にきざみ、蒔絵のようにあしらってたてまつった。

その歌とはこのようなものである。

あかねども岩にぞかふる色みえぬこころを見せむよしのなければ

（長年、こちらをお慕いしていた私の気持ち——この真っ赤に燃えるこころを、そのままお見せするすべがないので、このように岩に代えて献上いたします。これでもまだまだ、じゅうぶんではありませんが）

岩を献上なさるツネ氏のお気持ちを、私なりに想像して詠じたのだった。

七九

在原の家《ふあみりー》から親王がお生まれになった。

その産屋にて、人びとはお祝いの歌を詠む。親王さまの祖父方の親族にあたる私は、このように詠んだ。

わが門に千尋ある影をうゑつれば夏冬たれかかくれざるべき

（親王よ、お誕生おめでとう。あなたが生まれてくれたおかげで、わが家の門には千尋の高さの樹木を植えたようなもの……そのたっぷりと大きな木陰に、きびしい夏も冬も、一族みんな守られるのです）

この赤んぼうは貞数《さだかず》の親王とおっしゃる。
私の兄の中納言行平《ゆっき》の息子から生まれた子であるが、世間では、私との子ではないかとうわさされている。その真相は？　ふっふっふっ……。

八〇

親王誕生の報《にゅーす》に一瞬沸いた在原家だが、家運おとろえ中であることには変わりなかった。私は、すっかりさびしくなったわが家の庭に藤の花を植えていた。藤が咲くと、いまをときめく藤原家出身の二条君のことを想う。
三月のすえ、ぬるい雨がしっとりと降っていた。私は彼のもとへ、藤の花をひと枝折ってささげるべく、これにつける歌を詠じた。

ぬれつつぞしひて折りつる年の内に春はいくかもあらじと想へば

（雨に濡れながらこの藤を折りました。春がもう、すぎてしまいそうですから。しかしあなたの藤原家はあいかわらず春の盛りでいらっしゃる。ああ、わが一門に春はくるのだろうか……）

八一

左大臣の源★融《みなもとぅーる》さまが、賀茂川のほとり六条のあたりに、陸奥の国は塩釜という名所を模した庭で話題のおもしろ大邸宅《てーまぱーく》を建てられた。

ときは十月のすえ。菊の花は色あせ――からの、さらなる美の盛りをみせ、紅葉もさまざまな濃淡の階調《ぐらでーしょん》を展開するころ、その大邸宅に親王さまたちをお招きしての酒と管弦の宴がもよおされた。それはもう絢爛豪華でゆかいなこと比類なく、騒ぎは夜どおしつづいた。

あけがたに、この御殿のおもしろさを歌でほめあおうということになった。一座を占める人びとの華麗な顔ぶれにくらべれば、私の存在などは乞食の翁も同然であったが、みなさんが歌を披露し終えたあと、このように詠じた。

塩釜にいつかきにけむ朝なぎにつりする舟はここによらなむ

（あれっ、いつのまに、遠い陸奥は塩釜の浦にきていたのだろう。この朝凪のしずかな海に、釣り船が寄ってくるのが見えるようだ！）

私も若いころに陸奥の国にいったけれど、神秘てきで心惹かれる景色にたくさん出会ったものだ。わが御門《みかど》の六十あまりの国のなかにも塩釜ほどの絶景はなく、似ているところさえないと想われる。とぅーる左大臣もその景色を再現したくて造られた庭園なのだから、まずはそこをおほめしないわけにはいかない。

八二

惟喬親王《これたかのみこ》――斎宮君の兄であるおかただ――の別荘が、山崎の向こうの水無瀬《みなせ》というところにあった。毎年、桜の時期にはそこへお出かけになるのだが、そのさい右馬の頭――私をつねに同行される。私はさいきんじゃあもう、うっかり自分の名前も忘れそうなもうろくぶりだが★

惟喬親王と私は主従関係でありつつ、「惟《これ》たん」「業《なり》っち」と呼びあう親友でもある。ここに有くんが加わると眩達大三角《まぶだちとらいあんぐる》ができあがる。

風雅な親王とそのお仲間が集まると、狩はほどほどに、いちばんの楽しみである酒と歌の会へとうつってゆく。いま一行が遊びにきているのは、交野《かたの》というところの渚の院だが、ここの桜がたいへんみごと。馬から降りてめいめい枝を手折っては髪飾りにさし、親王をはじめ身分の高いものも低いものもみんな歌を詠んだ。

私はこのように詠じた。

世のなかにたえて桜のなかりせば春のこころはのどけからまし

（もしもこの世に桜というものがなかったならば……咲いたとか、散ったとか、胸騒ぐこともなく、どんなにか平和な心で春をすごせるだろう）

すると、有くんがこんなふうに詠む。

散ればこそいとど桜はめでたけれうきよになにかひさしかるべき

（いやいや、桜は散るのが心をもっていかれるようでよいのだよ。憂いのおおいこの世ではあるけれど、なにひとつ終わらぬものなどないと、それが救いだと教えてくれるようじゃないか）

男たちが髪に桜の枝をさし、歌に興じるさまに、私は地上の楽園を眼前にしたように見とれていた。そのなかでもひときわりりしく優雅な親王のすがたは、まさに春の天子であり、私がもっとも心をこめてお仕えするのはこの人しかいないと何度もなんども想った。

親王さまは若くして天皇となる機会を逸したかたで、おとろえつつある在原家に生まれた私は、そのお気持ちに痛いほど共感してしまう。有くんの紀家も、由緒ある家柄だがまつりごとの世界では無力といっていい。

私たちはだれも、権力をもたない。しかしそれがなんだというのだろう。星がめぐり四季がめぐるそのなかで、響きあう心と心して生きる。人間はそれがほんとうじゃないのか。

夢のような時間はまたたくまにすぎ、桜の木陰から立ちあがって帰るころには日暮れであった。親王のお供の者たちが、狩場の野のほうから酒をはこんできたので、これを飲むのにふさわしい景色はないかとさがし歩き、天の河という名の土地へ出た。

私がさかずきをさしあげようとすると、惟喬親王はいたずらっぽく笑って、可愛らしいほど上機嫌でこうおっしゃる。

「交野で狩をして、天の河のほとりにたどりついた……これを題にして、一首詠じてから、さかずきをおくれ」

私はこのように詠みたてまつった。

狩り暮らし棚機津男《たなばたつお》に宿からむ天の河原にわれはきにけり

（狩をしているうちに日が暮れてしまった。こんやは織男星《たなばたほてる》の宿に泊まろうよ。おれたちいつしか、まばゆい天の河の原っぱへきてしまったようだ）

これを聞いて、ひどく感心された親王だった。

「ほんとうに、ほんとうにそなたは、口をひらけば珠のような歌がつぎからつぎへとこぼれ出るのだから！　いったいどうなっているのか、見せてごらん」

そういって、私のあごの上下に手をかけてたわむれる。私は大きく口をあけてごらんにいれた。親王も、まわりの者たちも笑った。

親王は首をひねりひねり、私の歌をくりかえし唱え、歌をかえそうとなさったが、おできにならなかった。すると有くんがすすみでて、親王の代わりに返歌をした。

ひととせにひとたびきます君まてば宿かす人もあらじとぞ想ふ

（織男は一年にいちどくる彦星だけを待っているんだ、君を泊めてくれるわけないだろう！）

さすが有くん！　最高《ぶらぼー》！　心のうちで猛烈に拍手する私であった。

人びとは遊びに満足し、親王の別荘へとひきあげた。興奮さめやらぬように酒を飲み、語らいつづける人びとのようすを、満ちたりた表情で眺めていた親王であったが、酔ったようで寝所にゆかれようとする。おりしも、十一日の月が隠れようとしているころであった。

そこへ私はこのように詠みかけた。

あかなくにまだきも月のかくるるか山の端《は》にげて入れずもあらなむ

（まだまだ眺めていたいのに、はやくも月が山の端に消えてしまいそう。山が逃げまわって、月がずっと出たままならいいのに――ほらほら惟たん、宴はとちゅうです。もうすこし座にいらして、楽しみましょう）


「みごとだ。まったく業っち、そなたは国の宝だね」

「口だけでも国宝になれたら光栄です」

親王はハハっとかろやかにお笑いになった。

このかたが笑ってくださると、私はとてもうれしい。

斎宮君の兄だけあって、おもかげに相通ずるところがあり、親王がお笑いになったり、不機嫌になられたり、もの想いにしずんでおられたりすると、私がまだ見たことのない斎宮君のそれらの表情を、かいま見せてもらえたような気がするのだ。

お供をしていた紀★本日絶好調★有くんは、またも親王に代わって、このようにかえした。

おしなべて峰もたひらになりななむ山の端なくは月も入らじを

（いっそ、山だのなんだのみんな平たくなってしまえばいいのに。山がなければ月も隠れるところがなくてよい――いやいや、それは困る。こんやはもう降参、酔っぱらってしまったよ。月のように寝所に引っこんでしまおう）

八三

水無瀬の別荘へ通っておられる、惟喬親王。その狩のお供は、右馬の頭こと私がおつとめするのであった。

幾日かを別荘ですごされて都の御殿へお帰りになる日、私は親王をお送りしておいとましようと想っていたところ、お酒やご褒美をあげるからとおっしゃって、なかなか私を離してくれない。こちらはこちらで、恋人を待たせているから気が気ではない。このように詠んで申しあげた。

枕とて草ひきむすぶこともせじ秋の夜とだにたのまれなくに

（草を結んで枕にする、こんやばかりはそんな旅の宿りをしていられないのです。秋ならば夜も長くて、いいでしょうけど。いまは春も終わりで朝がはやいのですから）

ときは三月のすえだったのである。

親王はこの歌をおもしろがり、かえって私に執着されるようで、けっきょくその夜は一睡もせずに酒宴の夜をあかされたのだった。


こんなに親しくお仕えした親王だったのに、ある日いきなりご剃髪になられた。

まったく想いがけないことで、その報せを聞いたとき、胸のなかをしーんと冷たいものが流れた。

親王のあの表情もあの言葉も、出家を考えておられたからか――帰りたい私をむりにひきとめて酒宴に侍らせた、あの大人げないふるまいも――。

年があけて、正月のごあいさつに参上しようと、親王のおられる小野というところへいった。そこは比叡山のふもとでとても雪深い。

惟たん、惟たん、と、ひと足ごとにあだ名を唱え、お顔を思い浮かべながら、雪を踏みわけ、踏みしめ、やっとのことでお住まいの庵室にたどりつく。そうしてお目にかかった親王は、ひとりきりでぽつんと座り、とてもさびしそうだった。俗世にあるときはほんとうに華やかで、おおくの人にかこまれ慕われて、おいそがしくしていらしたのに。

親王は私を招いてこうおっしゃった。

「さあ、業っち。近くへきて、楽しい話を聞かせておくれ」

「惟たん……!」

私は胸がいっぱいになりながら、おそばに侍り、ありし日の想い出話などを親王と語りあった。私はもう帰りたくなかった。ずっと親王のおそばにいたかった。

しかし、正月は宮中の用事もおおく立てこんでおり、夕暮れにはおいとましなければならなかった。私は詠じた。

わすれては夢かとぞ想ふ想ひきや雪ふみわけて君を見むとは

(夢ではないでしょうか、雪深い山のなかへ踏みいって、ご出家になったあなたにお愛するなんて。あなたは——あなたは、皇位にもつかれるはずのかただったのに……)

親王も私も涙をこらえきれず、おたがいに泣きながらお別れしたのだった。

八四

官位こそ低いけれど、いちおう皇子を父乙にもつ私である。父乙は長岡というところに住んでいる。

私は都で宮仕えをしていたため、父乙の顔を見たいなあ、見舞いたいなあとは想いつつ、なかなか帰省できずにいた。父乙にとってひとりっ子の私は、とても可愛がられていたというのに。

いつ帰ろうかな〜、こんどまとまった休みがとれたときに……などと考えていたころ——十二月のある日、実家から速達が届いた。いったいどうしたのかとおどろいてひらくと、あいさつもなにもなく、ただ歌だけが書きつけてある。

老いぬればさらぬ別れのありといへばいよいよ見まくほしき君かな

（業平、わしも年をとったぞ。だれもがさけて通れぬ、死という別れがあると想うと、いっそうおまえに愛たい、会っておきたいと想うのだ）

わーっっおとーさんごめんんんん‼

私はこれを読むと、老人にこんなに寂しい想いをさせてしまった後悔に、胸がしめつけられるのだった。

よのなかにさらぬ別れのなくもがな千代もといのる人の子のため

（この世に、さけられない別れなんてものがなければいいのに。千年だって生きてくださいと親の長寿をいのる、すべての子どものために）

さあ、いまならまだまにあう！　この手紙を出したら、父乙に愛にいこう。すぐに愛にいこう！

八五

ご幼少の時分からお仕えしてきた惟喬親王が、いきなりご出家されてしまった。

私はそのごも宮中につとめていたから、ふだんはおたずねできなかったが、毎年、正月にはかならず山のふもとの庵までお愛しにいった。

ことしの正月は、庵はにぎやかであった。むかし私がお仕えしていたかたたちが――ご出家されたかたも、在俗のかたも――おおぜい集まって、お正月だから特別にと酒がふるまわれた。

その日は雪がほとほととこぼれるように降って、一日やまなかった。みんなほどよく酔ったころに、だれからともなく「雪に降りこめられて」という題で歌を詠み始めた。

私は、きょうはこの庵が「惟たんと仲間たち」の楽園の再来のようににぎやかなのがたまらなくうれしく、こう詠じた。

想へども身をしわけねばめかれせぬ雪のつもるぞわがこころなる
(ふだんから、もっともっとこちらへ参上したい、身体がふたつあればよいのにと想っていました。きょう、雪は一日じゅう、この視野いっぱいに檻のように降りつづけて、私をとじこめてくれる——それはまったく、私の望みにかなったことです!)

親王はこれを聞いて、深く感じたのか目を赤くしておられた。そして、着物を脱いで私にお与えになった。

八六

うんと若いころの話。
おない年の少年と恋しあっていた。それぞれ、まだ親に養われている身だったので、決定てきな関係にふみこむ勇気もなくいつしか別れてしまった。
数年たって、彼をあきらめきれない私はこんな歌を贈った。

いままでに忘れぬ人は世にもあらじおのがさまざま年のへぬれば
(むかしの恋をずっと忘れられないなんて、世のなかにはよくあることでしょうか、それ

とも私がしつこいんでしょうか。おたがい、何年も別べつの人生を送っているのだからと、
頭ではわかっているのですが……）

返事はなかった。

この恋は再燃しなかったが、やがて私も彼も、おなじところへ宮仕えする身となるのだった。

八七

摂津の国は菟原の郡、芦屋の里にうちの領地があり、住んでいたことがあった。古い歌に、

芦の屋のなだの塩焼いとまなみつげのこぐしもささずきにけり

（芦屋の灘の浜で、塩を焼く仕事のいそがしさったら。髪につげの櫛をさすひまもなく始業時間だよ）

といっているのは、この里のこと。芦屋の灘というのだった。

私は、たいした地位じゃないもののいちおう宮仕えしていたので、その縁で都の衛府の佐《すけ》たちが遊びにくることがあった。私の兄の行平《ゆっき》も衛府の長官をしていた。

ある日、彼らとうちの前の海岸を散歩し、遊んだ。面子《めんばー》のひとりが、

「さあ、この山のうえにあるっていう、布引《ぬのびき》の滝を見に登ろうよ」

といい、そうしようということになった。

登ってみると、その滝はふつうの滝ではなかった。長さ二十丈《約六十めーとる》、幅五丈《約十五めーとる》ほどもある石の壁のおもてを水が落ちるさまは、白絹が岩をつつむかのようであった。

そんなすばらしい滝のうえのほうに、ひとり座れるほどの大きさの岩がひょっこり突きだしていて、その岩にそそぐ水は、小さなみかんか栗かというような大きさのしずくとなって飛び散る。なんとおもしろい光景なのだろうか。一同感嘆して、さっそく滝の歌を詠み始める。まずはわが兄、ゆっきが一番手として詠じた。

わが世をばけふかあすかと待つかひの涙の瀧といづれ高けむ

（わが世の春はきょうくるか、あすくるかと待つかいもなく、いつまでもきはしない……。
この失意の涙の滝と、この滝では、どちらの高さがまさるだろうか）

兄は兄で、悩みが深いようだ。こんなにすがすがしい滝と景色のなかにいても、頭のな

かはわが一族《ふぁみりー》の衰退ぶりのことでいっぱいなんだろうか。

さて、つぎは私。なんとなくしんみりした一座を笑わせるべく、こう詠んだ。

ぬきみだる人こそあるらし白玉のまなくも散るか袖のせばきに

（おーい、滝のうえで、白玉のつないだ緒《ねっくれす》をひたすらほどいて振りまわしてる人がいるみたいだぞ。それでやみくもに白玉が降ってくる。私の狭い袖じゃあ包みきれないほど降ってくる）

この歌はおおいにうけた。これが気に入りすぎて、あとの人たちは自分で詠うのをやめてしまった。

帰り道は遠く、いまはなき宮内省長官の家の前を通るころには、日が暮れてしまった。わが家の方角を見やると、海には海人たちの漁火があまたきらめいている。

私は上機嫌で詠じた。

はるる夜の星か川辺のほたるかもわがすむかたの海人のたく火か

（晴れた夜空の星が、はたまた川辺のほたるの光か、それともわが家のあたりの漁師たちのたく火なのか、あの輝きは）

その夜は南の風が吹いて波がひじょうに高まった。あけて早朝、うちの使用人の少年たちが浜に出て、波に打ちよせられた海松を拾ってきた。私の可愛いご当地鱚が、それを高坏に盛って柏をかぶせるようにあしらってさしだしてきたが、柏にはこのような歌が書いてあった。

わたつみのかざしにさすといはふ藻もきみがためにはをしまざりけり

（海の神さまが髪飾りになさるという、この美しい藻。あなたのためにはおしみなく、こんなにもりもりとお与えくださいましたよ！）

ふむ。いなか住まいの鱚の作にしては、なかなかよいか？　どうだろうか？

八八

友人たちと集まって月を眺めていた。こんやの面子をあらためて見れば、もう私たち全員、若いとはいえない年代になってきたなあとしみじみする。

私は詠じた。

おほかたは月をもめでじこれぞこの積もれば人の老いとなるもの
（おれたちたやすく月を賛美していいのか。月を愛でることつみ重なれば、すなわち年齢もつもるってことなんだぜ）

八九

私だって出自はそれなりなのだが、さらに高貴な身分の人に恋してしまったばかりに、報われぬまま歳月ばかりがすぎ去っていった。

人知れずわれ恋ひ死なばあぢきなくいづれの神になき名おほせむ
（ここでひっそり、口に出せない恋に焦がれ死んだとしても、だれもそうだとわからないだろうな。つまらん。きっとあいつ神罰がくだったんだよ、くらいに想われて——でも、どの神さまのせいにするのかな？）

九〇

つれない青年を、なんとかしてものにしたいと口説きつづけていた。

するとむこうもにくからず想ってくれるようになったのか、ついに、

「じゃあ、あした、几帳《もの》ごしに話すくらいなら……」

と、いってくれた。

それは、彼のいままでのそっけなさにくらべれば大きな進展で、「やったー!!」と、内心にぎりこぶし《がっつぽーず》したけれど、すぐに「いやでもまてよ、ほんとに本気か?」と、うたがわしい気持ちもわいてきた。

さて、ここに、不安を払拭するべくバーンと咲いた桜の枝を一本用意した。この歌にそえるのだ。


さくらばなけふこそかくもにほふともあなたのみがたあすの夜のこと

(あなたとの約束、あまりにも夢のようで、まだうまく信じられずにいます。きょうはこんなにもみごとに咲きこぼれる桜……しかしあすの夜までつづくかどうか?! なにもあてにならなくて、苦しいのです)

けっきょく弱気な感じになってしまった。いくら恋愛遍歴をかさねても、はじめて逢えるかもという日は、いつもこう。

九一

「さいきん時間のたつのがはやくて」

と、いうと、

「老化現象ですよ」

と、若者に笑われる。

やはりそうなんだろうか。

一日も、ひと月も、一年も、気づけば豪速ですぎ去っている。私を人生のおしまいへとぐいぐい押しだす見えない手があるかのようだ。ことしももう、三月の終わり。


をしめども春のかぎりのけふの日の夕暮にさへなりにけるかな

(時よゆかないで、ゆかないでと願いながら暮らしているのに、きょうで春は終わる。しかもその日も暮れてしまって……)

九二

苦味のほどよい中年男に、近づきたかった。

彼の家のあたりまでいっては、手紙だけでも渡せないかと逡巡するものの、できなくて帰る。そんなことを何度かくりかえしていた。

これも老いのせいなんだろうか、しつこさはあれど、勢いに欠けることがままある。

かつて私は、老いてなお好色な翁に惚れられて、いちどならずも愛したことがあった。自分がその立場になってみると、新たな恋に飛びこむには若いころとはまたちがう種類の勇気が必要なのだなとわかる。


芦辺こぐたななし小舟いくそたびいきかへるらむしる人もなみ

(芦辺をゆく、棚もない小さな舟。生いしげる芦をかきわけて、いきつもどりつするさまは私のようだ。あの人に気づいてもらえぬまま、こんなことをいつまで……!)

この歌が口からこぼれた瞬間、私が愛したあの翁の胸の中身がそっくり、手に取るようにわかってしまった。あの翁がどんなふうに私に恋をしていたか。私に愛されたとき、それはそれはうれしかったことだろう。私も、いまの恋人と愛しあうときは、若いころ以上にはりきってしまう。

私やあの翁だけが特別に好色なのだろうか？　これは、世界じゅうの翁に共通する想いであり、願いなのではないか？

愛しているといっておくれ、愛していると——。

私は死ぬまでだれかを恋い慕い、相手とひとつになる瞬間を追い求めて生きるだろう。

九三

こんなぺいぺいの身でありながら、いまではくらべられる人のいないほど高貴な身分となった人——二条君に恋しつづける私であった。

彼の言葉や態度にちょっとでも望みを感じてしまうと、寝てもさめても彼のことばかり。生まれついての恋愛体質で、ずっとこの世には「恋愛」と「それ以外」の二項目しかなかった。この二区分で世のなかを見れば、身分のちがいなどどこにもないのに。

あふなあふな想ひはすべしなぞへなく高きいやしき苦しかりけり

（身分ちがいの恋をしてみるがいい、たとえようもない苦しみが待っている。身分の高い者にとっても、低い者にとっても！）

こんな苦しい恋をさせるもの——身分などというものが、いつか、この世からなくなりますように。

九四

ふっと、恋におちいるように、ふっと、そうでなくなることがある。

ある日、それまで通っていた鷽にたいして、その気持ちがはたとやんでしまった。

しばらくして、もと鷽には新恋人ができたようだ。しかし私たちは子をなした仲でもあり、まえほど親しくとはいかないまでも、情まではとぎれずにいた。

もと鷽は絵描きであったので、ある日、私は彼に「こんな絵を描いてくれないか」と、頼むことがあった。しかし彼は、いまの自分は新恋人のものなのだから——と、想ったかどうか知らないが、一日二日ほど返事をよこさなかった。

情けないことに、私には、これがひどくこたえた。

「おれの頼みごと、無視？　そりゃこっちがわるいんだからしょうがないのはわかってる。でも長いつきあいなんだし、返事くらいすぐくれたっていいじゃんて、ちょっと想った」

などと、自分でも甘ったれた口調でうらみを述べ、こう詠んだ。季節は秋だった。

秋の夜は春日わするるものなれや霞に霧や千重まさるらむ

（秋の夜ともなれば、春の昼のことは忘れてしまうのか。春の霞よりも、秋の霧のほうが千倍いいのか。おまえはいまの男がそんなにいいのんか〜!!）

もと黼は、こんな返事をくれた。

千千の秋ひとつの春にむかはめや紅葉も花もともにこそ散れ

（はいはい、大丈夫ですよ。千の秋——いまの恋人を千人束ねたって、ただひとつの春——あなたにかないやしないよ。ねえ、でも、紅葉も桜もいつか散るのはおなじじゃないか。男と男の仲もそうだと想う。いつかはみんな、別れのときをむかえて……）

彼の笑い声が聞こえるような歌だった。ぐずぐずと甘える私を、「大丈夫だって！」と、あやしてくれるときの笑顔と声が。

これを読んで、あらためて、もと黼は強い男だと想った。

九五

私が二条君に仕えていたときのことである。

おなじく二条君に仕える同僚に毎日会っているうちに、恋が始まった。

私は同僚にすこしずつ近づき、「なんとか、几帳《もの》をへだててでもふたりでお愛できないか。君を想ってもどかしいばかりのこの気持ちを、すこしでも晴れやかにしたい」と、告げた。

彼は了解して、こっそりと几帳越しに逢ってくれた。

物語などを語らって、彼との時間の楽しさに、こう詠んだ。


彦星に恋はまさりぬ天の河へだつる関をいまはやめてよ

（私のあなたへの恋は、織男を想う彦星にもまさります。私たちのあいだをへだてる天の川――この几帳を、いまはどうか取り去ってほしい）


彼はこの歌に感激し、几帳をとりのけ、私と逢った。

わかれていたものがひとつになるとき、人はなによりもうれしい。

この瞬間のために私は生きつづけている。

九六

淡白そうな男に恋をしたときのこと。

私は自分が惚れっぽく、惚れるとしつこく、恋の情熱がどこからか無限に供給されつづけるたちで、それゆえにか、たまに真逆の種類《たいぷ》の男に心ひかれることがある。この男は恋に無関心そうに見える——となれば、「この人いったいどうなってるんだ?」「なにが楽しみで生きていられるんだ?」と、生物としての興味から、恋に発展するのである。

その淡白男も、長いあいだ私に口説かれつづけているうちに、石や木でできているわけではなかったらしく——すこしずつ態度がやわらぎ始めた。私のことを、「つきあってみてもいいか」くらいには想ったようだった。

ときは六月なかば。一年でいちばん暑い盛りを超えたところである。彼からこんな手紙がきた。

——こんにちは。いまはあなたのことを考えていますよ。……いや、あなたのことだけといってもいいのかな、笑。というか、じつは体にできものがひとつふたつできてしまって。これがかゆくてなかなかつらいです。ちょうどすごく暑い時期ですし、お愛するのは秋風が吹き始めたころにしませんか―

しかし、いよいよ秋というだんになって、状況がさらに変わってしまった。彼が、私のところへいこうとしているらしいという評判が立ち、彼の兄がそれを阻止すべくにわかにやってきて、彼をつれ去ってしまったというのだ（この展開《ぱたーん》、過去にも覚えが……）。彼はかえでの美しい初紅葉をつけた歌をくれた。

秋かけていひしながらもあらなくに木の葉ふりしくえにこそありけれ

（秋になったらといいましたが、どうも、だめみたいで。木の葉をあたりに降り敷くだけのいたずらなご縁だったようです。――でも僕、こんなにいっしょうけんめいいい寄られたのってはじめてで、それは、うれしかったですよ。忘れないと想います）

それきり彼の消息は、きょうまでわからない。元気にやっているのか、そうではないのか。どこへいったか手がかりもない。とにかく秋を待って、待って、待ちわびていた私には、とてもじゃないが「はいわかりました」と了解できる話じゃなかった。

私は想わず柏手を、通常とは逆のやりかたで――手の甲どうしを打ちあわせて――ばちんばちんと鳴らし、

「ちくしょう、いまに見てろ！」

と、さけんだ。

彼を、というか、もちろん兄にすんなり従った彼のこともだが、私をこんな気分におちいらせた、ままならぬ状況のすべてを呪ったのだった。

あとで想いかえすに、怒りの衝動にまかせてわれながら気味のわるいことをしたものだ。いまもむかしも、人を呪わば穴ふたつ。

九七

堀河の大臣の四十歳のお誕生日を祝う催しが、九条のお屋敷でおこなわれた。

そのさい、老いということにかけては、大臣よりも先をゆく身としてこのような歌を詠んでもうしあげた。

桜花ちりかひくもれ老いらくのこむといふなる道まがふがに

（桜よ、おおいに散ってこの空間を曇らせておくれ。人のところには「老い」がやってくるという。その道が花びらでかき消されてわからなくなってしまうように）

九八

九月ごろに、私はお仕えしている太政大臣へ、造花の梅の枝に狩りの獲物の雉をそえて献上した。このような歌とともに。

わがたのむ君がためにと折る花は時しもわかぬものにぞありける

(私の大臣さまは、いつだって花盛り。そして、私があなたを想って折る花も、季節から自由なものなのです。一年じゅういつであろうと、「梅をさしあげたい」という想いが湧いたときが、梅の時期。そうではないでしょうか?)

私は、肉体の老いという現実に直面しながら、どうして、「私」というこの感覚ばかりが、物心ついたころより――少年――青年――中年をすぎていままで一貫して変わらないのだろうと考えていた。朝、目がさめて、自分の手のしわなどを見てしまうまでは、年齢を忘れている。何歳でもないただの「私」だ。

子どものころから惚れっぽく、男の肌が、男の骨が、声が、匂いが、その強さも弱さも、賢さもおろかさも、男のなにもかもが愛しくてたまらない。愛くるしい男たちとの恋の成就の瞬間への渇望感は、ずっと変わらない。変わってくれない。

なぜ人は、身体の寿命よりも永い夢を、欲望を、もたされてしまうのか。

ともかく、大臣は私からの贈りもの《なりひらせっと》をたいへん興がっておよろこびになり、私の使者にほうびをもたせてくださった。

九九

右近衛府の馬場で、くらべ馬や騎射のもよおしがあった日のこと。

馬場の向こうにとめていた車の下簾《かーてん》のすきまから、見知らぬ男の顔がちらりと見えた。

一瞬だったが、まごうかたなき美形であった。

私はすぐに歌を贈った。

見ずもあらず見もせぬひとの恋しくはあやなくけふやながめくらさむ
（見ていない――ともいえない、見たという確証もない、あなたの美貌――。その残像に恋をして、きょう一日をぼんやり暮らすのだろうか）

彼が私の手紙を読んだと想われるころ――その車のなかから、「あっはっは」と、清流のような明るく澄んだ笑い声が聞こえた。なんてことだ、声までいいのか、と、私はもう、彼が欲しくて焦がれるような情熱の炎に包まれる。

そして彼からの返事は……！

知る知らぬなにかあやなくわきていはむ想ひのみこそしるべなりけれ
（私を見たとか見てないとか、どうでもいいよ。恋は、想ひという火だけが道しるべでしょう？）

じっさいに会ってみれば、見えたとか見えないとかというどころの話ではなく、むかしの恋人であった。なあんだ、と、おたがいに笑った。

一〇〇

男御たちの住む後涼殿と清涼殿のあいだを通ったときのこと。

さる高貴なかたに仕える人の部屋より、

「忘れ草のことを、忍ぶ草というんだっけ？」

と、声がして、忘れ草をすうっと差しだされた。

おっと、と、私は多少おどろいた。

さらに声はいう。

「さいきんこないのは、どっちの理由で?」

ふむ。私はそれを受け取って、このように詠じて返事とした。


忘れ草生ふる野辺とは見るらめどこは忍ぶなりのちもたのまむ

(私がもう君を忘れた、と、想っているのかな。ちがうよ。想いを忍んでいるんだ。私たちが恋をするにはここは人目がおおすぎるから。でもこれからは、期待していよう、またお愛できることを)

むかしいちどだけ愛したことのある彼だが、こんな待ち伏せをするとは、まだ私を想ってくれていたようだ。私のほうは正直なところ、彼を想い出すこともなくなっていたのだけど、苦しい恋をしている人をむげに傷つけたくはなく、このように返事をしたのだった。

一〇一

私の兄、在原行平《ゆっき》の家にはよい酒があるので、みんながくる。

この日は太政官の役人である藤原良近《ふじわらのまさちか》氏を正客としてお招きし、おもてなしする宴をひらくこととなった。

ゆき兄《にい》は風流を愛する男で、瓶には素敵に花を飾っていた。その花というのがちょっと変わった藤で――花房の長さが三尺六寸《一めーとるいじょう》もあり、いやに目を引くのだった。

やがて、「すごい藤の花」を題にして歌の会が始まった。一座の人びとが歌を詠みおおせたところに、私が、ゆき兄の家で宴をやっているといううわさを聞きつけてやってきたのだった。

みんな、私の登場を歓迎してくれた。そしてさっそく「いいところに名人がきた。さあ、業さんも詠みたまえよ」などといわれてしまう。

私は、「歌の詠みかたなんて知らないです」と、とぼけて辞退したものの、けっきょくはむりやり詠まされてしまった。


さく花のしたにかくるるひとおほみありしにまさる藤のかげかも

（本音：なんとま～恥ずかしげもなくでかでかとした藤の花だよ。この花のしたに隠れ守られて、うまみを味わっている人間はおおいぞ。だもんだから、ますます大きくなっていくだろうさ、藤の花の陰は）

この歌に一座はざわめいた。藤原さまはおちつきはらったようすをしているが、こめかみはぴりりと震えたようにも見えた。

ひとりが困惑顔でいった。

「ちょっと業さん、この歌はどういう……」

私は澄まして答える。

「べつに、そのままの歌ですが、なにか？　太政大臣藤原良近さまが輝かしい栄華のただなかにおられることをよろこび申しあげ、ご一族のめくるめく繁栄ぶりをたたえて詠んだまでです」

しーんとしずまった部屋に、ごくり、と、だれかがつばを飲みこむ音が聞こえた。

私を正面きって非難する人はとくにいなかった。

一〇二

歌なんて知らない、歌なんて詠まない。

もしもそんな自分だったら、どんな人生を送っていたんだろう。

私のする恋の様相も、ちがうものになっていただろうか。

さる高貴な身分の人――私の親族である――が、世のなかにほとほと嫌気がさして、はるかな山里へ移住した。
やはり私は恋と歌の人間で、歌を詠んで贈るしかできない。

そむくとて雲にはのらぬものなれど世のうきことぞよそになるてふ

（世間に背を向けることにした、あなたの選択を尊重します。出家したからといって雲に乗れるわけではないですが……。しかし、世の憂いのもと――男と男の恋愛については、まるで別世界のことに感じられるようになるといいますね。それだけでも、ずいぶん楽になれるのでしょうか）

じつはこの出家した人というのは、かの斎宮君のことである。

一〇三

私は自分を、誠実で律儀な人間と想う。たくさん恋をするが、いつも真剣で、いいかげんな気持ちだったことはいちどもない。
しかし仁明《にんみょう》天皇にお仕えしていたとき、道理にはずれたことをしてしまった。帝の息子、親王さまお気に入りの召使いと相愛になってしまったのである。いつもいつも、立場や身分というものが私の恋路の前にたちはだかる。

想いというものは——肉体の寿命も、頭で決めた掟《るーる》も、すべての制限をかるがると超えて、私とだれかを結びつけてしまう。なぜ制約だらけの地上に生きる人間が、そんな自由すぎるものをもたされているのだろう。

私はこのつらさを詠じた。

寝ぬる夜の夢をはかなみまどろめばいやはかなにもなりまさるかな

（あなたと共寝した……そんなことがたしかにあったのだろうか。夢ならばもういちど！と、眠ろうとしました。そうしたら、ますます手ごたえがなくなっていくばかり。ほんとうに私たちは、結ばれたのでしょうか）

ゆるされない恋の、このような歌、あなたは見苦しいと想われるだろうか？

一〇四

世間がいやになって出家した、斎宮君の話のつづき。

剃髪して世俗の欲を断っ（てみ）たものの、心ひかれたのだろうか、賀茂の祭りを見物に出てきたっぽい彼を、私は遠くから見かけた。このように詠んで贈った。

世を海の僧《あま》とし人を見るからにめくはせよとも頼まるるかな

（この世を倦み、出家した人を祭り場でお見かけできるとは！　なんとうれしい。私にはお気づきですか？　わかめを食べさせてくれたら——こっちに目くばせしてくれたら、もっとうれしい）

気分を害してしまっただろうか。彼はくるりと車の向きを変え、見物を切りあげて帰ってしまった。

一〇五

分のわるい恋をしていた。

「このままじゃ死んでしまう」なんて、弱音を吐かされてしまったくらいだ。

それを聞いて、すこしは優しくしてくれるどころか、彼ときたらこんな歌をよこす。

白露は消《け》なば消《け》ななむ消《き》えずとて玉にぬくべきひともあらじを

（ふーん、死にそうなんだ。まるで白露みたいな貴方《ゆー》の命だね。消えるものなら消えてしまうんだろうね。僕《みー》には止められないよ。消えずにしぶとくのこっても、その白露の玉をひもに通す《ねっくれすにする》物好きもいないだろうしね★）

なななななんて無礼なやつなんだ、と、一瞬血の気が引いたものの、すぐにまたぞくぞくとしてくる私なのだった。

一〇六

親王さまたちが気ままに散策されるところへ駆けつけた私は、龍田川のほとりでこのように詠じた。

ちはやぶる神代もきかず龍田河からくれなゐに水くくるとは

（はるか神代のころにもあったとは聞きません、龍田川が紅葉におおわれてこんなに真っ赤に染まるとは）

一〇七

恋文の代筆をしたことがある。

私の家にいた親戚の少年に、当時内記だった若き藤原★敏行《ふじわらのトッスィー》が惚れ、求婚してきたのだ。少年はまだよく言葉を知らず気のきいた文が書けない。いわんや、とうてい歌など詠めない。

しかしいっちょうまえに求婚されて舞いあがっているらしい。頬を赤くして、こんなふうに甘えていってよこす。

「ねえねえ、なり兄《にい》、この人すごい字ぃうまいね」

「トッスィーは字だけじゃない。歌もかなりうまいよ」

「そんな人におへんじ書くのむずかしすぎるぅ、なり兄代わりに書いて」

「それがいいだろうな」

私が下書きしてやった手紙を少年が清書し、トッスィーに届けた。

むこうは、私が書いたとも知らずにたいそう感動したようだ。彼からの返事はこのようなものであった。

つれづれのながめにまさるなみだがわ袖のみひぢて逢うよしもなし

（長雨《ながめ》にかさをます川のごとく、なにもできぬままきみを眺めるしかない僕の涙の川も満ち、この袖はもう濡れそぼっています。これでもまだ、逢えないなんて……）

「ほらきた、ほらきた」

手紙をふたりで見ながら、他人の恋ながら興奮してきた私であった。

「君のことがそうとうすきらしいぜ。どうする」

少年は耳まで真っ赤になって、私のとなりでふじふじしている。

「わかんない。逢ってもいいかも」

「もうちょっとじらすといい」

「え？」

「トッスィーにほんとうに深い愛情が、真心があるのか、それをたしかめよう」

「あ、うん、じゃあそうする」

純朴な少年に知恵をつけてやったりしながら、代筆はすすむ。

あさみこそ袖はひづらめなみだがわ身さへ流ると聞かばたのまむ

（袖が濡れるていどなのは、その川は浅いのでしょう。あなた自身が流されてしまうほど

だというのなら、お言葉を信じもしましょう）

トッスィーはこの歌にいたく心動かされ、それからいまにいたるまで手紙をきっちりと巻いて文箱に保管しているという。

このふたりが結ばれたのち、トッスィーからふたたび手紙がきた。


――きみに愛たいけれど、雨が降りそうで、空もようを気にしています。僕が幸運な男ならば、きっと降らずにいてくれるでしょう――


「……だって」

さびしそうにうつむいて、少年が手紙を見せてきた。いまではこの子も、自分を愛した男のことを愛し始めているのである。

私はこれを読み「このだいじな、恋のいちばん繊細《でりけーと》な序盤に、たるんどるぞトッスィー！」と、怒る。

このように代筆した。

かずかずに想ひ想はず問ひがたみ身を知る雨は降りぞまされる

(あなたはまだぼくを想ってくれるのか、くれないのか――ぼくのこの気持ちも恋なのか、どうなのか――自問自答していましたが、もうわかりました、すくなくともぼくの身のほどは。雨が降りそうなくらいで、あなたはこられないんだ。涙がとまりません)

これを送りつけてやったら、少年のもとへ、蓑も笠もつけずにずぶ濡れですっ飛んできたトッスィーであった。

一〇八

あるいぶし銀な男が、恋人の冷たさをうらむ歌を口ぐせのようにつぶやいていた。

風ふけばとはに波こす岩なれやわが衣手のかわくときなき

(風が吹くとよ……いつだって波は岩を越えてざっぱーんとくるんだ。おかげで俺の袖は濡れっぱなしでかわくひまもない。気まぐれな風のせいで、さ)

ええと、それは、私のことなのかな。

このように詠んでかえした。

よひごとにかはづのあまたなく田には水こそまされ雨は降らねど

（毎晩たくさんのかえるが鳴いて――泣いている田んぼは、雨が降らなくたってかえるたちの涙で水がふえているんだ。そのかえるっていうのは私だよ）

一〇九

眩達の有くんが、彼のたいせつなひとをなくした。
私はすぐに手紙を出した。

花よりも人こそあだになりにけれいづれをさきに恋ひむとかみし

（散る花をおしむよりはやく、人をおしむことになるとは。花と人、どちらをさきに追慕することになるかなんて、考えてもみなかったよ）

一一〇

ある青年のもとへひそかに通っていた。
彼からの手紙に、
——こんや、あなたが夢にあらわれました——
と、あった。
その言葉をしみじみとかみしめ、私はこう詠んでかえした。

想ひあまりいでにし魂《たま》のあるならむ夜ふかく見えば魂むすびせよ

(君への気持ちがあふれて、私の魂がふわふわと飛んでいったんだね。深夜にまた、魂がそちらへいったら、こんどは君の魂と結びつけるおまじないをしておくれ)

一一一

さる高貴な身分の男のところで、彼の召使いのひとりがなくなった。
私はさっそくおくやみをのべる——というのは建前で、それにかこつけて、美中年と名高い彼への想いを詠じ、贈った。

いにしへはありもやしけむいまぞ知るまだ見ぬ人を恋ふるものとは

（むかしの人は、逢ったこともない人に恋をしたそうです。そしていま、あなたのうわさを聞いただけで、私の身にもおなじことが起こっています……❤）

相手からはさらりとこんな返事が。

下紐のしるしとするも解けなくにかたるがごとは恋ひずぞあるべき

（ふうむ。そうはおっしゃいますが、いまのところ「想われほどけ」もありませんし、貴方の言葉はうそでしょうな）

下着の紐がしぜんにほどけるのは、だれかに恋慕われているからだという、古来からのいい伝えなのだが、さいきんの人は「下紐のしるし（想われほどけ）」などという。うーん、若い（中年だが）。若者言葉を使いこなす相手に、世代差を感じてしまう。

それにしても、妄想をかきたてる歌をよこすものだ。これは脈ありと見てとった私は、さらに詠ずる。

恋しとはさらにもいはじ下紐の解けむをひとはそれとは知らなむ

（言葉では伝わらないようだから、もう恋しいとはいいますまい。でも近いうちにあなたの下紐はきっとほどけます❤　それで私の想いがほんとうだと知るのです）

一一二

会話を重ね、体を重ね、とてもしっくりきていた鱬が、心変わりをしてしまった。私はこう詠じるしかなかった。

須磨の海人の塩やく煙風《けぶり》をいたみ想はぬかたにたなびきにけり

（須磨の浜で海人が塩を焼く、その煙を、ひどい風が想いがけない方向へ吹きやってしまった。ああ、私のものだった君よ……）

一一三

心変わりした鱬に去られ、やもめ暮しをしていた私。

ながからぬいのちのほどに忘るるはいかにみじかきこころなるらむ

（人のいのちだって長いものじゃあないが、私への気持ちをもう忘れてしまうなんて、彼の真心はもっと短いものだったんだな）

一一四

仁和《にんな》の帝が芹川に、狩りのために行幸なさったおりのこと。

いまはもう年なので現役は退いているが、私は以前、大きな鷹を飼って狩りをしていて、その経験を買われてお供することとなった。

私は摺染めの狩衣のたもとに歌を書きつけた。

翁さび人なとがめそ狩衣けふばかりとぞ鶴《たづ》も鳴くなる

（年よりが無茶をしよる、といってくださるな。こんなはでな狩衣を着てはりきるのはきょうだけのこと。ほら、あの鶴だって鳴いて、獲物にしてくれといわんばかり）

しかしこの歌に、帝はお気をわるくされてしまった。翁というのはもちろん私自身のことなのだが、帝はご自身のことかと、あてこすりに受けとられたようなのだ。

一一五

むかし旅した陸奥の国を再訪し、ある男とひととき暮らした。

私が「都へ帰るよ」と伝えると、想像していたことではあったが、彼はひどく悲しんだ。

しかし、やがて気分を切り替えて、送別の宴をしてくれるといい、「おきのゐて都島《みやこじま》」という川の中州の島《あくありぞーと》にて、ちょっとした酒宴を張ってくれた。

彼は朗ろうと詠じた。

おきのゐて身を焼くよりもかなしきは都しまべのわかれなりけり
（身を焼くよりもつらくかなしいのは、都へと帰るあなたへついていけない、この都島での別れっす！）

一一六

陸奥の国をさまよう私であった。

そこから、都の想い人――二条君へと手紙を送った。

波間より見ゆる小島のはまびさしひさしくなりぬ君にあひ見で
（波間に見えるのは、小島の浜にならぶ家いえのひさしか。久しくなったものだ、あなたに逢わなくなって……）

都のあなたも、若かりし日の恋の苦しみもよろこびも、いまとなってはなにもかもが遠い。

一一七

帝が住吉大社に行幸されたときのこと。
帝はこう詠じられた。

われ見てもひさしくなりぬ住吉の岸の瓲松《ひめ》いくよへぬらむ
（私ももう長いこと住吉の岸の瓲松を見ているわけだが、この松はいったい人の何代ものの時間を生きているのだろうか。まったく神秘てきな存在だ）

すると周囲に満ちる精気がこごったように、住吉の大御神がすがたをあらわした。

ムツマシト君ハ白波瑞垣《ミヅガキ》ノヒサシキ世ヨリイハヒソメテキ

（帝ヨ、アナタハ私ノ愛ヲ知ラナイガ、コノ岸ニサイショノ白波ガ寄リ、コノ社ニ垣根ガメグラサレタハルカナムカシカラ、私ハ御世ヲ祝福シ、アナタヲ守護シテキタ……）

一一八

ごぶさたしている恋人のところへ、「忘れてないからね。いまいくよ！」と手紙を出した。するとこんな返事が。

玉かづらはふきあまたになりぬれば絶えぬこころのうれしげもなし

（玉鬘がおおくの木々にはうように、あなたもいちどにたっっっくさんの男を愛せるようだ。おれへの気持ちは絶えていないとわざわざ教えてくれるけど、そんな木の一本になれたところでうれしくもないね）

一一九

家のなかに私がのこしていった品じなを見て、もと恋人がこんなふうに詠むのを立ち聞いてしまった。

かたみこそいまはあだなれこれなくは忘るるときもあらましものを

（もと彼がくれたものなんか、いつまでもとっておくから失恋気分が終わらないんだ。こんなものなければ、あいつのことを忘れていられる時間もできるだろうに）

一二〇

まだ男を知らない子どもだとばかり想って求愛していた少年が、じつは、さる高貴なかたに愛玩されていると知った。

だまされた気持ちがおさまらないある日、こんな歌を詠んでしまった。

近江なる筑摩《つくま》の祭りとくせなむつれなきひとの鍋のかず見む
（あーあ、筑摩の祭りはやくこないかな。やった男の数とおなじだけの鍋を頭にかぶって参詣するあれ、あのぶりっ子はいったいいくつの鍋をかぶるんだか、見ものだぜ）

一二一

後宮の梅壺《うめるーむ》より雨に濡れた青年が出てくるのを見た。
私はとっさに詠んだ。

うぐひすの花を縫ふてふ笠もがなぬるめる人にきせてかへさむ
（梅の花のあいだを、花と花とを縫って笠をつくるように飛ぶうぐいす。そんなうぐいすの花笠が、あったらよいのに。濡れるあなたに着せかけてあげたいから）

水のしたたる美しい青年は、梅の精のようにあでやかに微笑し、

うぐひすの花を縫ふてふ笠はいな想ひをつけよほしてかへさむ
（うぐいすの花笠は不要です。それより、あなたの想ひの火を、おれにつけてよ。その火

で濡れた服を乾かして……おれの想ひもかえしてあげる❤︎）

！！！！！

これだから恋は、やめられない。

一二二

結婚しよう、夫婦《ふうふ》になろうと誓いあったのに、約束をやぶって逃げた男がいた。

私は彼にこういってやった。

山城のいでのたまみず手にむすびたのみしかひもなき世なりけり

（山城国の井出の玉川の水を手飲《たの》んだけれど――あなたとの将来を頼んだけれど、そんなかいもなかった）

彼からの返事はなかった。

一二三

深草に住む男のもとへ通っていたが、だんだん気乗りしなくなってきた。飽きてきたようだ。

こんな歌しか、もう出てこない。

としをへて住みこし里をいでていなばいとど深草野となりなむ

(ながの年月通った、深草の里。私がここを出てもうもどらなければ、いよいよ名前のとおりに草深き野となっていくのだろうか)

彼はこうかえす。

野とならばうづらとなりて鳴きをらむかりにだにやは君はこざらむ

(ここが野に帰してしまったら、僕はうずらになって鳴いていましょう。そしたら、あなたは狩人だから、うずらを狩りに、かりそめにでもきてくれるでしょう)

この歌を聞いてしまっては、私はもう、心を清らかに洗い流された心地がした。なにかが大量に、心から流れ出ていった。めまいがした。
彼のもとを去ろうなんていう気は、どこかへ吹き飛んでしまった。

一二四

あることを考えていた。
ずっと、あることを。
そしてひとつの結論にたどりついたが――。

想ふことはいはでぞただにやみぬべきわれとひとしき人しなければ
(わかったぞ、と想う。でも口には出すまい。この考えをそっくりそのまま他人に理解されることは不可能だ。私とおなじ人間はいないのだから。――ならば、だまって、この胸ひとつにしまっておく)

一二五

やあ。私、在原業平。

さいきん得た病に、老いた肉体は耐えられそうもない。

とうに歩けなくなっていたが、きょうは立ちあがれなくなっていた。

日一日とできることがすくなくなっていく。あすは目を開くことができなくなっているかもしれない。


つひにゆく道とはかねてききしかどきのふけふとは想はざりしを

（いつかはだれにもおとずれる瞬間だとは、ずっとむかしから聞いていた。でも、それがいまのことだなんてね。ああ、こんな感じなんだなあ――）

あなたも、そのときをお楽しみに★

本書のねらいと訳者解説

日本の古典文学を現代語かつＢＬ訳で書きかえる「ＢＬ古典セレクション」というシリーズを企画している、ぜひ雪舟さんに執筆してほしい、と、左右社の筒井菜央さんから依頼があったのは五月の始めだった。

どの作品を取りあげるか。セレクションの一冊めになるならば、おなじみの竹取物語と、伊勢物語でしょうかということになったが、ＢＬで訳をするとはどのていどのことなのか。

もしかしたら、作中のメインの恋愛を男同士にするくらいでよかったのかもしれないと、あとから思ったが、私の頭は、登場人物全員を男にすると、筒井さんのさいしょのメールを数行読んだ瞬間に決まっていた。それなら作中の恋愛関係はおのずとＢＬになるし、伊勢物語のように人物がおおいものは出てくる人でてくるひと全員男というのは、なかなか楽しいし、男性が大すきな私にとって、ひたすら男を描写していてよいというのはシークレットビーチに裸で飛びこむような解放のよろこびだと思った。

今回、現代語に訳するだけではなくて、私が古典に感じていたわかりにくさをできるだけ緩和したいと考えた。

竹取物語はあたまからしっぽまでひとつの強靭なストーリーがあって、感情移入してぐいぐいと読みすすめられるため、BLメガネをかけて読みなおし、訳していく作業がメインとなった。後半の月の都の人びとの存在については、地上の私たちにとって理解はむずかしいが脅威ではない隣人、という解釈をした。これは、宇宙人やUFOの話題がめずらしいものではなくなり、地球外文明とのコンタクトがテーマの映画なども増えている二〇一八年の現在に訳する意義を考えてそのようにした。いや、宇宙人を引きあいに出すまでもない。思想上の対立による紛争があとをたたないこの地上、私たちの社会においても、隣人は、自分とはまったくべつの内面世界を現実として生きている存在であることを、まずはいったん認め、尊重できる柔軟性がなによりも求められる。宇宙人とは私の隣人のことであり、そしてだれかにとっての私のことなのだ。

現在そして未来の人類に必要な観点で読みなおしてもびくともしない古典が、生き残っていくのだろうが、竹取物語も、その時代の訳者にそのときの価値観と言葉で解釈されてゆきながら、魅力は永く揺るがないと感じた。

伊勢物語は、私にとって読みにくい古典の典型だった。BLメガネをかけるだけでは読みすすめられなかった。最大の難所は各段冒頭の「むかし、をとこ」である。通説では主人公は在原業平ということになっているが、作中にはっきりそうとは書いていない。これらの「男」は、みんなちがう人物とも読めるし、あていどは同一人物としてもすじは通る。それにしても一回かぎりの登場人物がおおすぎて感情移入ができず、各話ごとに情緒がリセットされてしまうのだ。

古典には「このセリフ、だれがいってるの?」などという、主語のわかりにくさがたびたびあるが、伊勢物語の序盤では「あれ? もう旅に出たはずなのにいまから出るみたいなことになってる」と、不安定な時系列にも「???」と、都度ひっかかってしまう私であった。

このあたりを、BLという点で興味をもって本書を手に取ってくれる、もしかしたら私くらいに古典になじみのない読者にも、現代の小説のようにすんなりと楽しい読書タイムに入ってもらえるよう――じゃっかん、どころか、かなり踏みこんで、親切にしたいと考えた。全体てきにさまざまな調整をおこなったが、いちばん大きく手を入れたのは、主要登場人物を数名(業平・二条君・有くん・斎宮君・友甲と友乙など）にしぼり、各キャラクターのものとしてまとめられそうなエピソードをまとめたことだ。それでもなお、いちどきりの登場人物はおおく、伊勢物語らしさは保たれていると思う。

竹取物語・伊勢物語の両方で、作中に出てくる和歌の一部の表記を変更している。登場人物の性別変更（かぐや姫→かぐや彦）によるためと、漢字とひらがなのバランスを地の文と近いものにするためである。

以下、本書の伊勢物語において、一般てきな訳と大きくことなる段について、解説を付す。

［一］

やあ。私、在原業平。

原作は三人称小説のスタイルだが、直接つながりのないエピソードが連続することによる散漫な印象をおさえ、冒頭からスムーズな感情移入をうながすには主人公をはっきりさせ、一人称で書き始めるのが最適と考えた。

［二］
春雨のような彼の名は、二条君といった。

原作では相手の名は出てこないが、序盤は業平と二条君の関係を軸にするのが読みやすいと考え、このエピソードも二条君とのできごととした。

同様に、原作では特定されていない人物――たとえば、「友」としか書かれていない人物を有くんにしたり、旅の友甲・友乙にした段もある。

［七五］
満をじして、私は斎宮君を京へ誘った。都で、人目を気にせず愛たいと。

原作では、「(京の) 女を伊勢へ誘った」という流れなのだが、本書では「伊勢斎宮を京へ誘った」という逆方向のエピソードとした。

理由は、原作の「世にあふことかたき女」(世にもまれなほどに会うことのむずかしい女) に、伊勢斎宮以上に当てはまる人物は見当たらず、六九段とそれほど間をおかずにこの表現が出てきたということは、斎宮だと読めるのではと思えたからだ。

また、参考にした中河与一訳（『日本文学全集3』（河出書房新社一九六〇）も同様の解釈をしており、中河がこのように訳した理由は不明だが、こうした前例があることもいちおう補記しておく。

そして、これは私の個人てきな感覚なので正当な理由とはいえないが、六九段での、物語中のクライマックスともいえる一夜かぎりの恋愛のあとに、すぐ都の恋人を伊勢に誘うという業平の「ひどさ」があらわになるスリリングな展開よりも、もうすこし、熱血な感じで斎宮を求める期間があってほしいという願望があった。

しかし、現在の本命である斎宮に会いたい一心で、斎宮との思い出の地である伊勢へ、都の恋人を誘ってしまう（自分だけ行くのは寂しいので）というのは業平のやりそうなことではあり、この段にかんしては妄想がとまらない。

［八二］

男たちが髪に桜の枝をさし、（中略）人間はそれがほんとうじゃないのか。

物語の始めから、身分ちがいの恋になやむ業平ではあったが、この段でははじめて、身分や身分を生む権力を大きなテーマとしてあつかった。

業平の在原家は、作中では家運のおとろえつつある家であり、出世という点では先ゆき暗かった。親友であり主君である惟喬親王も若くして皇位につく機会を失った人物であり、境遇の近さからも彼らは意気投合しやすかったのだろう。

平安時代、公式文書に用いられ、出世するには必須の教養だった漢文は権力の象徴でもあった。業平たちがそうした世界に背を向け、和歌の宴や恋愛をはじめとする愛情の交感に重きをおいたやりとりに没頭していったのには、このような風雅な生きかたが、彼らの屈折した思いやいき場のないエネルギーの受け皿になったことが大きかった。

しかし、これ以上出世できない、頭打ちであるという現実は、権力とはことなる場所に価値をおいて生きると決めた彼らにとってもそうとうのストレスだったのであろう、惟喬親王は出家してしまい、業平はアウトローになってもなお身分差を超えられない——権力に勝てない生きかたを強いられ、晩年は性格も変化しているというか、意地悪な、いやな面もちらちら出てきている。

業平たちを苦しめたものは、現在の私たちの生活のなかにも名前やかたちを変えて存在している。私たちはこれから、そこから真の意味で解放されていく時代を迎えるのではないか——そのような祈りをこめ、伊勢物語の原作に直接描かれてはいないものをテーマとして訳した。

［九二］
私やあの翁だけが特別に好色なのだろうか？　これは、世界じゅうの翁に共通する想いであり、願いなのではないか？

この段にかぎらず、老境の業平の描写はかなりふくらませて訳をした。天性の恋愛マニア、ハンターである業平にとって、老いとはどのようなものなのか。

この段ではまず、片想いの相手の家までいきながらなにも伝えられずに帰ってしまっている、前半の業平には見られなかった弱気さを、老いのあらわれとして解釈した。

原作では老いについてくわしく描写されていないが、その数すくない表現のひとつに、業平と思われる人物を「かたゐおきな」（乞食のじいさん）と書いたりしており（八一段）、辛辣だな、どういう意図でこの表現なのか、と私に考えさせるきっかけとなった。「乞食」とは、なにかの比喩なのではないか。

人は、ひとつだったものがわかれるときに悲しく、わかれていたものがひとつになるときにうれしい。これらの感情を強烈に味わえる体験のひとつが恋愛である。この恋愛を得意とし、一体感のうれしさのピークである成就の瞬間を無数に経験しながらも、飢えたように求めつづけた業平は、もしかしたら人一倍はげしい孤絶感のもち主だったのかもしれない。

業平が私の想像するような人物であれば、彼にとって死とは、「恋愛の終わり」を意味し、老いはその直視しがたい予感であったろう。

人生さいごの瞬間まで、だれかとの一体感を味わっていたい。これが六三段の翁や自分自身だけでなく人類共通の想いではないかと、業平が確信した瞬間として、この段を訳した。

［九八］

私は、肉体の老いという現実に直面しながら、(中略)ずっと変わらない。変わってくれない。

これも老境の心理について、大きく解釈を加えている段である。

季節はずれの花を、造花を作ってまで贈った、という行為は、そのまま読めば業平お得意の風流なふるまいということになろう。しかし後半の重要なテーマのひとつは老い、つまりこの段の歌にも出てくる語の「時」であると考えると、切実な動機が見えてくるのではないか。

時の影響を受けない欲望が、時の作用で衰えゆく肉体におさまりきらず、横溢する想いのままに老いた業平は恋を求めていく。うまくいくこともあれば裏切られることもある。もう飽きたはずの恋人から思いがけずピュアな歌を返されて、熱い気持ちがもどる（一二三段）など、彼は老いてからの恋愛も身もふたもないほど正直で、むきだしだ。

［一〇二］

歌なんて知らない、歌なんて詠まない。（中略）どんな人生を送っていたんだろう。

一般てきには、この段の人物は業平ではないという解釈がおおいようだ。私が業平として訳した理由は、直前の一〇一段で、藤原良近を前に歌を詠むことを求められた業平が、「もとより歌のことは知らざりければ」（そもそも歌の詠みかたなんて知らないので）などと、とぼけて辞退しようとするシーンがあることによる。

この段のすぐあとに「うたはよまざりけれど」の男が出てきたのは、はたして無関係だろうか？　これは「歌なんか知りません」と、ちょっとひねくれている業平なのではないかと考えた。

なぜ、有名歌人である彼が「もとより歌のことは知らざりければ」「うたはよまざりけれど」などと見えすいた偽りをするのか。業平は、口をひらけば傑作が飛びだす天然天才歌人でありながらも、老いてからは歌にたいして複雑な気持ちもあり、疲れていたんじゃないか、と推測した。

恋と歌という二大軟派界に身を投じ、権力に背を向けながらもけっきょくは権力のために恋をあきらめる経験を重ねた後半生は、無力感におそわれることがあったはずだ。「もしも自分が歌なんか詠まなかったら、どんな人生だったろう」なんて感慨をもらすこともあったかもしれない……。

ここまでは私の主観による解釈だが、これを支持してくれる要素もある。
・出家する身分の高い（をとこの親族である）女というのは、斎宮のことである
・業平と斎宮も親族である
・このあと一〇四段で、この斎宮とおぼしき尼に「めくはせよとも頼まるるかな」（こっちに目くばせして）と詠みかけるのは、いかにも業平の行動らしい。
伊勢物語は各段の結びつきがゆるいのだが、前段またはすこしまえの段に出て

きた要素があとの段に関連すると読める箇所もあり、こうした淡いつながりを、原作者の意図としてすくいあげながら訳していきたいと考えた。

一〇一・一〇二・一〇四段をひとつづきのエピソードとして読めるのは、斎宮と業平の後日談として興味深く、ここでの「をとこ」はぜひ業平としたい。

権力と時間という二大障壁に逆らって生きた業平は、よろこびもおおかっただろうが、終わりの見えない苦痛も味わいつづけていただろうと想像する。しかし、一二四段で、いきなりなにかを悟ったようになり、つぎの段で昇天してしまう。まるで「それがわかったので」死ぬことを了解したかのようなあっけない終わりかただ。

業平がなにをわかってしまったのか、とても知りたい。いまの私の想像のおよぶ範囲で、それを反映した一二五段の訳とした。

＊

さいごに私事となるが、私は昨年の終わりに、こんごは「緑と楯」（私の小説や短歌のシリーズ）にかんする仕事を受けつけるとサイトに明記した。いま、緑と楯を書くことだけがよろこびで、もうそれしか書けないと思ったからなのだが、古典のＢＬ訳の原稿も夢のようにゆかいに、呼吸するように楽に書くことができたのは、思いがけないことだった。私は古典がずっと苦手だったはずなのに、本書を訳し終えたいま、おどろくほど親しみのもてるものに変わっている。

この素晴らしい企画に声をかけてくれ、打てば響くような進行をしてくださった筒井菜央さんに、心よりお礼を申しあげます。また、試訳の段階からつねに肯定てきに読んでくださる左右社代表の小柳学さんのふところの深さに勇気づけられて、本書を書きすすめることができました。ありがとうございました。ヤマシタトモコさんにはかぐや彦の凜とした美貌の表紙画をお描きいただき、ラフ画を拝見した時点から完成が待ち遠しくてたまりませんでした。鈴木成一デザイン室の皆さんには、本シリーズの特性を引き出しつつ、読み手を限定しない絶妙のバランスに仕上げていただけたと感謝しております。

本書が、ＢＬファン、古典ファンにとどまらず幅広い読者に手に取ってもらえることを祈っております。

二〇一八年　八月　二十六日　　　雪舟えま

底本・参考文献

竹取物語

底本・『竹取物語』阪倉篤義校訂／岩波書店／一九七〇年初版（二〇一七年六五刷参照）

参考文献・『竹取物語　伊勢物語（現代語訳日本の古典4）』田辺聖子／学研／一九八〇年

・『竹取物語』川端康成訳（『竹取物語　伊勢物語　落窪物語　夜半の寝覚（日本文学全集3）』）／河出書房新社／一九六〇年

伊勢物語

底本・『伊勢物語』大津有一校注／岩波書店／一九六四年初版（二〇一七年六六刷参照）

参考文献・『竹取物語　伊勢物語（現代語訳日本の古典4）』田辺聖子／学研／一九八〇年

・『伊勢物語』中河与一訳（『竹取物語　伊勢物語　落窪物語　夜半の寝覚（日本文学全集3）』）／河出書房新社／一九六〇年

・『伊勢物語』川上弘美訳（『竹取物語　伊勢物語　堤中納言物語　土左日記　更級日記（日本文学全集03）』池澤夏樹 個人編集）／河出書房新社／二〇一六年

・『伊勢物語』福井貞助訳（『竹取物語　伊勢物語　堤中納言物語（日本の古典をよむ6）』）／小学館／二〇〇八年

訳者プロフィール

雪舟えま ゆきふね・えま

一九七四年札幌市生まれ。作家、歌人。著書に歌集『たんぽるぽる』『はーはー姫が彼女の王子たちに出逢うまで』、小説『タラチネ・ドリーム・マイン』『プラトニック・プラネッツ』『恋シタイヨウ系』『パラダイスィー8』ほか。二〇一七年より男性カップル「緑と楯」シリーズの執筆をメインの活動としている。

BL古典セレクション①

竹取物語　伊勢物語

二〇一八年一〇月三〇日　第一刷発行

訳者　雪舟えま

発行者　小柳　学

発行所　株式会社左右社
東京都渋谷区渋谷二－七－六－五〇二
TEL　〇三－三四八六－六五八三
FAX　〇三－三四八六－六五八四
http://www.sayusha.com

装幀　鈴木成一デザイン室

装画　ヤマシタトモコ

印刷・製本　創栄図書印刷株式会社

 ISBN978-4-86528-212-2

BL古典セレクション続刊

❷
古事記
海猫沢めろん＝訳／二〇一八年十二月刊行予定

❸
怪談
ラフカディオ・ハーン＝著／王谷晶＝訳／二〇一九年三月刊行予定